사라졌던 길들이 붕장어 떼 되어 몰려온다

시작시인선 0296 사라졌던 길들이 붕장어 떼 되어 몰려온다

1판 1쇄 펴낸날 2019년 7월 12일
지은이 이중도
펴낸이 이재무
책임편집 박은정
편집디자인 민성돈, 장덕진
펴낸곳 (주)천년의시작
등록번호 제301-2012-033호
등록일자 2006년 1월 10일
주소 (03132) 서울시 종로구 삼일대로32길 36 운현신화타워 502호
전화 02-723-8668
팩스 02-723-8630
홈페이지 www.poempoem.com
이메일 poemsijak@hanmail.net

ISBN 978-89-6021-435-4 04810
978-89-6021-069-1 04810(세트)

값 10,000원

*이 책의 국립중앙도서관 출판시도서목록(CIP)은 서지정보유통지원시스템 홈페이지(http://seoji.nl.go.kr)와 국가자료공동목록시스템(http://www.nl.go.kr/kolisnet)에서 이용하실 수 있습니다.(CIP 제어번호: CIP2019025957)

사라졌던 길들이 붕장어 떼 되어 몰려온다

이중도

천년의 시작

시인의 말

나날이 똑똑해지는 세상에서 나의 무능은 요지부동이다.
하지만 시 앞에서는 시위 한껏 당겨진 활처럼 팽팽하고 뜨겁고 간결한 존재이고 싶다.

남쪽 연안에서 거둔 것들이다.
연안에서 태어나 연안에 꽁꽁 묶여 있는 나는 지금 실한 머슴이다.
장딴지도 연장들도 강건한 초여름이다.

차 례

제2부

해 설

제1부

심장을

싫다, 주말농장 흙으로 만든 문장이
승용차에서 내린 명품 등산복을 입은 여자가 호미로 길들이는 흙
더 길들 것도 없는 흙
빵을 만들기 위해 곱게 빻아놓은 밀가루 같은 흙
골방에서 자위행위나 하는 땡추가
지렁이도 못 만지는 아녀자들의 입에 넣어주는
설법 같은 흙으로 만든 문장이 싫다

문체를 다오, 만년 설산을 넘어가는
검은 야크의 입김 같은 문체를
코뚜레 구멍 뚫리는 수소가 눈 치뜨고 흘리는 구슬만 한 핏방울 같은
새끼를 지키는 멧돼지 눈알 속의 화염 같은 문체를
순교자의 목에서 치솟는 하얀 폭포 같은
낙타털 옷으로 요단강을 후려쳐 가르는 예언자 같은
메시아를 태운 나귀의 발걸음 같은 문체를

심장을 다오, 오동나무 꼭대기에 매달린
말벌 윙윙거리는 심장을!

육식주의자

먹는 것만큼은 남부럽지 않았다
바다가 얼어붙는 겨울에도 아이 혓바닥만 한 굴 노란 기름 둥둥 뜨는 장어
볼락을 순장殉葬시킨 김치 해풍 먹고 달달해진 시금치가 매일 밥상에 올라왔다
그리고 소머리!

동짓날마다 부산 구포 도축장에서 기계톱으로 잘라내
비료 포대 터지도록 채워 완행버스 짐칸에 싣고 왔던 소머리
고래의 밥통 같은 가마솥에 넣고 소나무 장작불로 하루 종일 끓였던 소머리
주먹만 한 눈알 돌기 우둘투둘한 혓바닥 징그러운 머릿골에서 차차 살코기로
나중에는 뽀얀 국물만 남을 때까지 겨울 내내 자신을 공양했던 소머리
나를 추위를 잊은 야생 들소로 만들어주었던 소머리……

그때부터 나는 육식주의자였고 도축장도 시커먼 무쇠솥도
장작불 이글거리던 아궁이도 모두 멸종해 버린 지금도 육식주의자이다

일인용 의자에 앉아 간장 종지처럼 생긴 술잔으로 도수 낮은 술을 홀짝거리는
이 단정한 시대에도 한물간 식육 식당을 찾는 육식주의자

커다란 솥에 대한 그리움 한 솥 가득했던 것들에 대한 그리움
눈알 혓바닥 대뇌 소뇌 다 주는 사랑
기꺼이 육식의 이빨에 자신의 모두를 내주는 어떤 사랑에 대한 그리움으로
식육 식당의 문을 잡아당기는 육식주의자!

사라졌던 길들이 붕장어 떼 되어 몰려온다

오천축국의 법에는 목에 칼을 씌우거나 몽둥이로 때리거나 감옥에 가두는 형벌이 없다 죄를 지은 자에게는 죄의 가볍고 무거움에 따라 벌금을 내게 하지 죽이지 않는다 국왕으로부터 서민에 이르기까지 매를 날리고 사냥개를 달리게 하는 것을 보지 못했다 길에 비록 도적이 많긴 하지만 물건만 빼앗고 곧 놓아준다*

혜초가 밟은 오천축국의 길, 도반道伴이 되어 장안까지 따라갔을 것이다

밀교의 경전 문을 열고 들어가 시커먼 문자들과 펄 장난하며 놀다가

문자들이 잠든 깊은 밤이면 슬그머니 나와 고승의 다반茶盤 곁에 앉곤 했을 것이다

어디에 있을까, 내가 사랑한 길들은

커다란 박 쪼개어 타고 뱃놀이하는 장자처럼

눈 부신 유리 조각 번쩍이는 바다 가로질러 놓어 새끼 쫓아다니던 길

하늘을 담아 숙성시키는 빈 술독 되어 터벅터벅 걸어 다니던 산길

쓸모의 내장 모두 되새김질하여 잘게 부숴버린 게으른 황소 되어
주전자 뚜껑에 농주 부어 마시며 돌아다니던 논둑길……

두툼한 밤나무 밑동을 돌아가는 싱싱한 가을 독사처럼
내 혈관을 흘러 다니던 길들이 생각나 홀로 걸어보는 옛 오솔길

푸른 내 몸속을 흘러 다니다가
환한 그리움 따라 너에게로 갔던 길들은 또 어디에 있을까

네 가슴에서 자라 훤칠한 장송들이 되어있을까
지금처럼 눅눅하게 끓는 여름 오후에는 너에게 선선한 그늘이 되어주기도 할까
그 그늘 아래 눈 감고 앉아 매미 소리 요란한 톱질로 몇 그루 잘라
뗏목 엮어 마음의 연안에 띄워보기도 할까

아! 사라졌던 길들이 붕장어 떼 되어 몰려온다

* 혜초, 『왕오천축국전』 중.

고래

야시장 천막 아래 고래 고기, 홍어와 나란히 놓여 있다
양념장에 찍어 먹는다 질기다 맛도 향도 없다
방어진 부근에서 그물에 걸린 놈이 여기까지 오는 동안
고래는 모두 증발해 버리고 고기만 남은 것이다
어쩌면 이것은 고래 고기가 아닐 수도 있다
타클라마칸사막에서 말라 죽은 낙타 고기일 수도 있다

고래!
창공을 들이마시고 태평양 바닥까지 내려가는 긴 들숨
대왕오징어와 함께 씹어 먹은 심해의 어둠을
하얀 꽃으로 뿜어내는 찬란한 날숨
크릴새우 떼 무한 은하수를 단번에 삼키는 우주 같은 식욕
예언자 요나를 사흘 동안 쉬게 한 어둡고 따뜻한 방
사람의 영혼이 깃든 눈
밀려오는 백만 근의 파도를 부수는 단단한 이마
붓대에서 빠져나온, 먹물 듬뿍 머금은 거대한 붓촉이
대양에서 자맥질하며 그리는 길
늙은 황소의 근육이 하는 쟁기질 같은 길
노자의 수염 같은 길

야시장 천막 아래 앉아 막걸리 퍼마시며 씹고 있는 것이
알고 보니 내 살이다 혼이 증발해 버린 내 살가죽이다
마른 어포와 다를 바 없는

내 마음의 수심水心에 푸른 혼이 되어 박혀 있던 고래는
지금 어느 바다를 떠돌고 있을까
모비딕처럼 등에 수많은 작살을 꽂고 집 없이 흘러 다니고 있을까
흘러 다니다 지쳐 남극쯤에서 빙산이 되어버렸을까

그때의 식욕은 다 어디로 가버렸을까
통나무 뗏목을 타고 고래를 잡으러 다니던
한 마리 고래가 되기 위해
머리부터 꼬리까지 남김없이 뜯어 먹고 남은 뼈로 탑을 쌓았던
도망가는 고래의 혼까지 붙잡아 바위에 새겼던
그 원시 부족의 식욕은……

처용

서라벌 달 밝은 밤이면

바람이 불어왔다
대양의 심장에서 태어난 허리 굵은 역사力士가 고래를
대왕문어를 붉은 달을 무쇠 억만 근의 파도 소리를 지고 와
시들해진 서라벌 식물성의 밤에 풀어놓았다

순간, 술잔에서 동해가 출렁거리고
고래를 타고 다니던 물결에 달빛이 부서지고
마음 바위에 음각되어 이끼 덮여 가던 유년이 다시 꿈틀거리고……

서라벌 달 밝은 밤이면

동해의 힘줄이 끌어당기는 무한 인력引力에
끊어질 듯 팽팽해진 그리움의 현絃에 걸터앉아
밤을 새웠다

늙은 왕이 하사한 계집은 집구석에 처박아 놓고
역신疫神이 드나들든 해모수가 드나들든 제우스가 드나들든

가랑이가 넷이 되든 알을 낳든 백조가 덮치든
빛바랜 기와지붕 아래 처박아 놓고

만조

자기 전에 미리 출근 준비를 합니까?
신문 기사를 스크랩합니까?
아이들에게 교사가 제일 좋은 직업이라고 권합니까?
부동산과 보험으로 노후 설계를 합니까?
복권 가게에서 퇴근하는 노인이 꽉 쥐고 있는 두툼한 가죽 가방이 부럽습니까?
아파트 베란다에서 페퍼민트 화분을 예쁘게 가꾸는 하얀 손이 자랑스럽습니까?
유명한 장수촌의 식단을 적어놓은 메모가 냉장고 문에 붙어있습니까?
농약 없는 채소를 먹기 위해 직접 텃밭을 가꿉니까?
두둑과 고랑이 공문서처럼 단정한 텃밭을?
그렇다면 당신은 썰물의 바다에서 태어난 사람

잦아든 열정이 주는 반백의 머리 같은 평온에
밀레의 만종처럼 부드러운 갯벌에 길들기 쉬운 사람
자신을 지키기 위해 날 선 석화 몇 송이를, 며느리밑씻개 줄기처럼
까칠한 계산기 두어 개를 가지고 있어야 하는 사람
몸빼 입은 아낙의 바구니에서 바글거리는 조개처럼 단단

하고 성실한 시간을

껍데기를 살짝 열고 나왔다가 다시 문을 닫곤 하는 조갯살 같은 소심한 꿈들을

소중히 여길 수밖에 없는 사람

그러나 만조는 성난 부력

갈매기 군단을 튕겨 올리는

동지나해에서 잔뼈가 굵어온 녹슨 철선의 생애를 가볍게 밀어 올리는

무인도 몇 개를 뿌리째 뽑아 구름을 만드는 강건한 부력

온갖 지느러미들의 율동으로 가득 찬 충만한 살

떠도는 바람이 일으키는 춤 엉성하고 편안한 한복 바지 같은 춤

누 떼와 악어가 공존하는 아프리카 대평원의 푸름과 무심

일용할 양식만 있으면 다음 날을 걱정하지 않는 안일……

내 가슴속 오래 마른 해안선으로 하여금

저녁마다 평민의 술집에 앉아 큰 술잔을 잡게 만드는

투명한 물살의 황홀한 애무!

퇴근길

허물거리는 망자들과 모여 회식을 한다
빈 가죽 술통에 다시 술을 들이붓는다
퍼덕거리는 날것들을 썰어 먹는다
맥박을 따라 몸속 구석구석을 밟고 다니는 알코올의 발굽
빗장 풀린 입에서 야생마들이 튀어나온다
정치인들을 짓밟는다
초등생을 살해하고 토막을 낸 교복 입은 계집애들 대가리에 소총을 난사한다
과묵한 상사는 날렵한 백제도百濟刀를 빼 아메리카의 비대한 권위를 단칼에 벤다
씩씩거리던 말(馬)들이 갑자기 허공으로 사라지자
누군가의 입에서 취한 나비 떼 흘러나오고
다시 막을 여는, 침도 독도 없이 모여 윙윙거리는 벌들의 만찬……

퇴근길, 저녁 바다에 떠있는 푸른 심장들을 납빛 구름이 통째로 삼키고 있다
이백 살 넘은 후박나무 벌레들이 파낸 음흉한 동굴을 메운 시멘트가
내 가슴에서도 만져진다

혀는 이미 제상祭床의 굳은 시루떡
말(言)이라는 것도 기껏해야
몽당연필만큼 남은 향의 식은 불에서 흩어지는 연기

어디에 있는가, 잠든 정신을 후려칠 죽비 같은 장끼 울음은
회한의 눈물샘을 터뜨릴 닭 울음소리는
쪼그라든 음낭을 가릴 무화과나무 이파리는
진흙에서 자라는 연蓮은
타고 너에게 건너갈 연잎은

가오리

시커먼 간덩어리 같은 어선들 원양을 토해 낸다
마음의 근해에 멸치 한 마리 헤엄쳐 다니지 않는 늙은이들
동남아 사내들과 뒤섞여 나무 상자들을 나른다
지게차에 눌려 쥐포가 되어있는 쥐새끼들
관음증을 앓는 갈매기들 허공에서 터지는 고양이 울음들

거대한 무덤의 배를 갈라놓은 것 같다
타락한 왕과 함께 순장된 점성술사 마술사 광대들
요사스런 무희들의 사체 썩은 냄새 아직도 자욱한
고대 바빌로니아 왕실의 무덤을 갈라놓은 것 같다
세상의 모든 비린내 첩첩 쌓여 있는, 퇴역한 갈보의 자궁 같은 경매장
주머니에 숫자를 숨기고 힐끔거리는 남자들
장화를 신고 갈고리를 들고 다니는 여자들
가슴 깊은 곳에 깃들인 푸른 배추밭, 찰랑거리는 물결이 살짝 얼비치는
손이 닭발이 된 바닷가 여자들

무뚝뚝한 동사動詞들 새벽의 순결을 짓밟고 다니는 늙은 경매장

어떤 목자의 호각 소리에 직립한 영물들 양 떼처럼 불안하게 몰려다니는

어떤 주의主義의 콘크리트 바닥에 가오리 한 마리 던져져 있다

재래식 변소의 문짝만 한 가오리, 꼬리 잘리고 노끈으로 코뚜레가 꿰어져 있다

아다지오로 펄럭거리며 거룩한 고요 속을 방랑하던 한 장의 넉넉한 자유가

굳어 바위섬이 되고 있다

못다 춘 춤이 흘러나와 흥건한 피가 되어 고여있다

어느 십일월 저녁

늦은 가을이 환상의 구름을 깨끗하게 면도해 준 하늘 아래
만조의 취기를 끌고 가버린 썰물이 드러낸 하수구들
전립선을 앓는 늙은이의 잔뇨처럼 흘러나오는 희뿌연 하수 언저리에서
입 빼끔거리며 일용할 양식을 구하는 망상어들 송사리 떼들
마음속 지워지지 않는 붉은 못 자국에 일생이 묶여 탁류를 만행하는 널빤지들
바지 벗은 등대의 아랫도리에 들러붙은, 입술이 칼날인 석화들
모로 누워 문둥병을 앓는 목선도 놓아주지 않는, 질긴 운명 같은 뱃줄들
허리까지 오는 장화를 신고 익사한 귀신의 머리털을 베어 자루에 담는 남자들
시커먼 불임의 갯벌에 갈고리처럼 박혀 조개를 파는, 춤 한 번 걸쳐본 적 없는 노파들……

한평생 술 한 방울 마시지 않고 계산기만 두드려 온 회계사의 가슴속 같은 풍경을
폐비닐 무더기와 수천 개의 종이컵 모두 들어낸, 죽은 향유고래 내장 속 같은 풍경을

천천히 지우며 만취의 걸음으로 물 차오르면

머구리 배 돌아오는 시간
육십 킬로그램의 잠수복을 입고 수심 삼십 미터 바닥을 우주인처럼 걸어 다니며
머구리들이 따낸 소라 멍게 해삼 들이 경매장을 잠시 채웠다가 다시 비우는 시간
수압 벗고 등산복으로 갈아입은 머구리들이
제육볶음 상추에 싸서 배 터지게 먹고 잠수병을 치료하는 시간
되새김질하는 암소처럼 졸고 있는 발동선들 사이에
갈매기 한 마리, 죽어 겨우 생계를 해탈한 갈매기 한 마리
허연 배 하늘을 향해 뒤집어 놓고 늘어진 목 끝의 눈알로 물속을 바라보는 시간
순하게 켜지는 네온사인들 십자가들
건너편 도시가 수면 위에 세워지는 시간
죽은 갈매기가 감기지 않는 눈알로 응시하는, 바닥없는 어둠 위에 세워지는 시간
자본의 민낯에 칠해진 싸구려 화장이 물 위에 번져
무지개들 보릿대춤을 추는 시간

가랑비 오는 날

데리고 가거라
멀리 심장이 폐교廢校된 유인도의 허리 파인 능선들을
무인도에서 태어나는 어미 없는 안개들을
잠들지 못하는 등대들을 일생이 한곳에 묶인 부표들을
데리고 가거라
아사녀의 머릿결 같은 비야, 늙은 발동선들을
발동선 머리에 꽂혀 있는 풍어를 기원하는 깃대들을
천 년 전에 하늘에서 유배 온 먹구름 같은 그물 더미들을
낡은 갑판에 못 박힌 비린내를 쓸고 있는 고단한 외국어들을
데리고 가거라
선덕여왕의 무덤처럼 포근한 비야
고장 난 기계들의 내장을 만지려고 태어난 검은 손들을
지문 닳아버린 선술집 간판들을 싸구려 쌍꺼풀 수술을 한 작부들을
오래된 시외버스 터미널처럼 늙어버린 선원들을
불알도 이빨도 없는 떠돌이 유기견들이 타향에서 끌고 온 욕지거리들을
데리고 가거라
무쇠솥 가득 붉은 고구마를 삶으며 내리는 비야
뒤집은 솥뚜껑에 고추전을 부치며 내리는 비야

고스톱 판을 벌리며 대낮부터 소주 판을 벌이며 내리는 비야
데리고 가거라
세상의 모든 나목들을 세상의 모든 낙엽들을
네가 적신 모든 노동들을
아늑한 동굴 속으로
동굴 속에 드러누운 검은 섬들, 곰들의 육중한 잠 속으로
지층 깊숙이 숨어있는 석탄 같은 잠 속으로
따뜻하게 데운 탁주 같은 잠 속으로

개집

목동 다윗은 얼마나 강했던가
소년 다윗 속에서 타올랐던 숲은, 사자의 아가리를 찢어버리곤 했던 숲의 손아귀는
돌멩이 하나로 거인 골리앗을 절명시켰다
하지만 사각의 옥좌에 갇힌 다윗은 얼마나 졸렬했던가
목욕하는 여자의 알몸에 홀려 위력으로 간음했고
간음이 들통나 돌에 맞아 죽을까 두려워 여자의 남편을 위계로 살해했다

밭을 갈다가도 신이 부르면 멍에를 부수고 떠났던 예언자들은
가슴에서 꺼낸 불로 소를 삶아 이웃에게 나누어 주고 떠났던 예언자들은
광야에 살았다 동굴에 살았다
성전에 사는 제사장들이 제단에 바쳐진 고기를 탐식할 때
그들은 메뚜기와 석청을 먹었다 까마귀가 날라주는 떡을 먹었다
기름진 제사장들이 예물을 바치러 온 여자들과 운우의 정을 나눌 때
그들은 시냇물을 마셨다

평상 하나 탁자 하나가 전부인 과부의 다락방을 빌려 잠시 눈을 붙였다
거룩한 제사장들의 머리통이 벼락에 깨질 때
그들의 목은 권력의 칼에 잘려 쟁반 위에 얹혀 있었다
부릅뜬 눈 감지 않은 채

요컨대 정신을 광야에 두라는 것이다
정신을 가두어 질식시키는 곳이라면 성전이든 궁전이든 개집일 뿐이라는 것이다
시커먼 옷을 걸치고 왕관을 쓰고 별짓 다 해도
개집에 사는 것은 개라는 것이다

얼마 전부터 진돗개가 개집에 들어가지 않는다
억지로 밀어 넣으려 해도 고집불통이다
비 맞고 한뎃잠을 자면 잤지 개집은 싫다고 한다
하물며!

여객선 터미널

깃털 다 빠진 길 짙은 화장 속에 묻고
등산지팡이 발톱 단단히 세운 노파들
도마뱀 꼬리처럼 끊어버리고 싶은 길을 노려보며
독이 올라 똬리 틀고 있는 처녀
살아온 길 선글라스 속에 슬쩍 감추고 어슬렁거리는 건달
지나온 길 모두 갈퀴로 긁어모아 새우깡으로 튀겨
갈매기에게 던져주고 싶은 아버지들
우리 안에서 맴돌던 길 잠시 벗어나 오도카니 서있는 아이
감성돔이 던진 낚싯바늘 물고 반평생 끌려온 길 따라
한 사흘 공룡의 불알 속에 처박히러 가는 사내들

고구려의 종아리 같은 곰솔 줄기들
꿈틀거리는 힘줄이 되어 풀무질하는 바람 들이마시고 싶어
싱싱한 밤의 아가리에 호환虎患처럼 잡아먹히고 싶어
주먹만 한 별 사탕 씹어 먹고 용수철처럼 통통 튀어 오르
고 싶어

질긴 그물에 비늘 다 털린 길들이
끊임없이 흘러 들어오는 여객선 터미널
이 모든 길들을 싣고 섬으로 떠날 색동저고리 입은 철선들

아귀처럼 입 벌리고 있는데

할머니, 당산나무처럼 늙은 할머니 걸어 나온다
겨울 내내 시금치 방풍나물 마늘 사이로 걸어 다닌 길
새끼줄처럼 서려 담은 섬 하나 머리에 이고

성찬식

가끔 생밤을 깎아 먹는다
생밤을 깎아 몇 조각 씹어 먹는 것은 주전부리가 아니라
나에게는 어떤 의식이다

밤나무가 수백 그루 꽂혀 있는 산에서 자랐다
아름드리 무쇠솥 가득한 밤으로 배를 채웠다
주운 밤을 깎아 개구리를 만들며 놀았다
실한 것을 골라 정성스럽게 깎아 제상에 올려놓으면
일 년 만에 온 할아버지가 막걸리 안주로 두어 개 집어 먹었다
한 바지게 밤꽃이 되어 보냈던 사춘기
지나자, 단단해 보이지만 씹으면 쉬 부서지는 생밤이 되어있었다
소리만 요란하고 실속 없는 촌놈이 되어있었다
밤송이 하나를 독차지하는 둥근달 같은 여자를 만났다
단단한 밤 껍질을 벗기듯 연애를 했다
참외만 한 밤송이가 마당에 떨어지는 태몽을 꾸었다
밤나무 줄기 같은 아들을 낳았다 통통한 알밤 같은 딸을 낳았다
돌아보면 온통 밤 밤 밤

나이가 든다는 것은
내 속에 있는 밤의 알몸이 백금 덩어리에서 하얀 뼈로
몇 오라기 하얀 머리카락으로 변해 간다는 것
들쥐도 쳐다보지 않는 마른 껍데기만 남는다는 것……

무뚝뚝한 칼로 쪼개 먹는 이 생밤 몇 조각은 나에게 성찬聖餐이다
주님의 살과 피를 주님의 생명을 불러오는 빵 조각과 포도주처럼
밤나무 빽빽한 숲을 내 속으로 불러오는 성찬이다

다시 밤이 나를 입고 연애를 할 것이다
태몽을 꾸고 아이들을 낳을 것이다

천막 횟집

잰걸음으로 한 바퀴 돌고 배 타고 나가려는데
코딱지만 한 섬에 뭐가 있겠나 싶어 지갑도 들고 오지 않았는데
부둣가 천막 속에 횟집이 있다
다라이 속엔 도둑놈 손바닥만 한 전복들 말의 물건만 한 해삼들
발정 난 눈이 힐끔거리는 걸 눈치챘는지
회 한 접시 하고 가시오 한잔 하고 싶어도 돈이 있어야지요
돈이야 육지 가서 부쳐주면 되지요 처음 보는 사람한테 외상도 해줍니까?
큼직큼직하게 썰어놓은 해삼 전복을 초고추장에 찍어 먹다 보니
소주가 두어 병 더 출현하고 그사이 들어온 배는 이미 나가버리고
넘어가는 핏빛 해를 보니 핏물 뚝뚝 떨어지는 피조개를 시키지 않을 수가 있나
소주가 몇 병 더 들어오고 막배고 출근이고 다 물 건너가 버린다
에라, 모르겠다 하룻밤 자고 가야겠소 민박도 외상이 됩니까?

넙치가 나오고 돔이 나오고 허연 달이 나오고 별이 쏟아지고……

염소 우는 소리에 잠을 깼다
어마어마한 분량의 햇살에 눈을 뜰 수가 없었다
검은 염소 몇 마리가 경계하는 눈초리로 쳐다보고 있었다
정신 드시오? 방에서 자라고 몇 번을 밀어 넣었는데
여기에서 자겠다고 생고집을 피워 어쩔 수가 없었소
괜찮습니다 가끔 있는 일입니다
비린내 물씬 나는 국을 한 그릇 마시고 나니 정신이 복귀했다
허허, 외상이면 소도 잡아먹는다더니

그렇다 가끔씩 있어야 하는 일이다
무지막지한 폭식으로라도 채워야 하는 허기
섬 한 마리 삼켜야 겨우 채워지는 바닥없는 허기가 있는 것이다

참 더러운 중년이다

꿈에서 만나는 똥은 돈이라 한다
그래서 똥 꿈을 꾼 아침은 기분이 좋다
출근길에 똥차를 만나면 마음이 은근히 들뜬다

늦게 일어난 월요일 오늘은 아예 분뇨처리장 쪽으로 산책을 간다
초로의 칡넝쿨이 보라색 꽃들을 달고 있다 철장에 갇힌 잡종견이 목청껏 짖어댄다
깊은 호흡으로 처리장을 마시고 지나가니 은행 하나를 들이마신 포만감이 느껴진다

참 더러운 중년이다

내 아버지의 중년은 새벽에 나가는 멸치 배 선단 같았는데
멸치 배들의 두툼하고 성스러운 엔진 소리 같았는데
마흔여덟에 상처하고 홀로 네 자녀를 키운 아버지의 중년은
싱싱한 비를 잉태한 먹구름 같았는데 고구려의 떡갈나무 같았는데

어젯밤 술자리에서 계산 안 하고 도망간 놈을 연락처에서

지울까 말까 고민하는

나의 중년은 더럽다 뱃속이 똥으로 가득 차있다

생각은 똥 더미 위에서 가부좌를 틀고 있고 입은 똥구멍이다

냄새를 숨기려고 괄약근을 꽉 조이고 다니는데

입이 자꾸 벌어진다

똥은 달변가다

더러운 중년이 더럽게 말도 많다

사무원

틀니처럼 가지런한 문서들
창백한 문서들을 담고 있는 서랍 같은 머릿속
문서처럼 깎은 머리
귓바퀴 위에서 돋아나는 흰 머리카락
문서 속의 글자들처럼 맥없는 걸음
문서의 행간처럼 건조한 길들을 밟고 다니는 발걸음

모이면 자랑하는 게 날개다
달까지 가는 날개가 아닌 붕새의 독수리의 날개가 아닌 텃새의 날개
보금자리를 가로수에서 근처 숲속으로 옮길 수 있는 소박한 날개를 자랑하고 부러워한다

가끔씩 보이던 파도나 절벽은 사라진 지 오래
집토끼 몇 마리가 저수지 한가운데에 웅크리고 잔잔한 물결을 뜯어 먹는 꿈을 꾼다
저수지 기슭에는 단정하게 펼쳐진 몽돌들
매끈하게 면도하고 일광에 마른 몽돌들

음울한 달빛 뒤섞인 밤바다가 밤새도록 배를 핥아도

아침마다 부활하는 한 덩어리 푸른 심장을
눈에 마음에 심어놓고 함께 부활하던 시절이 있었던가?

술도 농담도 모르고 정시에 퇴근하는 사무원
눈알도 불알도 허연 몽돌이 되어간다

카누

두 아름 히말라야시다
천심天心 향해 이글거리는 푸른 피라미드
지옥으로 뻗은 뿌리
모두 대톱(大鋸)으로 잘라버리고
남은 묵직한 허리
용두龍頭도 사미蛇尾도 다 쳐내고 남은
중도中道의 간출한 몸통
원시의 도끼질로 내장 파내고
숲의 정령이 피운 불로 살짝 그슬어
배 한 척 만들면
들소를 사냥하는 인디언의 알몸 같은
심산 동굴에 깃들인 고승의 발우 같은
배 한 척 만들면
너에게 갈 수 있을까
백상아리 떼 우글거리는 마음 바다 가로질러
육식성으로 울부짖는 노을을 건너
세상의 모든 길들을 참수斬首하는
수평선 핏빛 칼날을 넘어
오래전에 지도에서 사라진 처녀 섬
나에게로 갈 수 있을까

돌아가고 싶은 얼굴이

마음속에서 시월의 낮달처럼 지워져 가는
옛길들이 불러온 허기가 행장을 꾸린 것이다
그리운 길 맛을 보기 위해 사지를 육지에 묶은 밧줄을
돈오頓悟의 도끼로 단숨에 끊은 것이다

로마로 통하지 않는 길들을 무능한 시집詩集 같은 길들을
어쩌다 보니 태어난 사람들처럼 어쩌다 보니 생긴 길들을
우연히 만나는 노루 발자국 들국화 꿩 소리
우연이 지배하는 이름 없는 길들을
뱃사람 종아리에 튀어나온 정맥 같은 담쟁이넝쿨
빛바랜 돌담 속에서 허물어져 가는 노파들
바람과 소금에 간힌 색色의 민낯을 보여 주는 화장하지
않은 길들을
생로병사를 겪는 길들을 정령이 깃들어 사는 길들을
마음껏 포식하고 돌아오는 저녁 바다
객실에 드러누워 눈에 삼삼한 길들을 뭉쳐보고 펼쳐본다
빵을 만들어보다가 달을 만들어보다가
둥근달에 솔방울 붙여 얼굴을 만들어본다

돌아가고 싶은 얼굴이 있었던 것이다
굳어가는 진흙 가면을 부숴버리고 싶었던 것이다

고등어회

고등어회를 먹는다 제주도에서 시집와 욕지도에 뿌리내린
제주도 사투리 육즙처럼 배어 나오는 늙은 해녀가 썰어주는
기름진 살점을 초고추장에 찍어 먹는다

고등어는 그물에 걸리는 순간 죽어버린다고 한다
그래서 회로 먹기 어렵다고 한다
경계 없는 바다가 점화한, 등 푸른 단검의 심장에서 타오르는 불을
자유를 잃는 순간 미련 없이 꺼버리는 것이다

절대로 길들지 않는 놈이 묻는다
불의한 시절에 스스로 묵정밭이 될 수 있겠나?
이슬 덮고 바람 소리 덮고 지내는 기와 조각이 될 수 있겠나?
버려진 툇마루가 될 수 있겠나?

도시에 터 잡은 시절 내내 무능했지만
갑자기 더 무능해지고 싶어진다
자본의 수족관 속에서 지느러미로 부채질하며 거드름 피우는
참돔이 되기는 싫다
거창한 지사志士는 내 그릇 밖이고

허허

의처증에 갇혀 사는 놈도 있고
역마살에 발굽 다 닳은 년도 있고

청춘을 팔아 육두품을 사는 놈도 있고
허공에 청춘을 던져버리는 년도 있고

편의점에 쪼그리고 앉아 복권을 긁는 놈도 있고
등산화로 바이칼호를 퍼마시는 년도 있고

고쟁이 입고 생리대 차고 다니는 놈도 있고
무용총 수렵도 한껏 당겨진 활 같은 년도 있고

소학에 달린 각주 같은 놈도 있고
한 덩어리 장자 본문 같은 년도 있고

가계부가 두개골인 놈도 있고
자본론이 뇌수인 년도 있고

자전거 바큇살 같은 놈도 있고
대승大乘을 끌고 가는 황소 같은 년도 있고

연명 포구에서

늑늑한 안개 섬들을 집어삼킨다
별 달 모두 녹아 허물어진다
선창에는 녹슨 연장이 되어버린, 허연 옷 걸친 황토들
잡어 회 치듯 대가리부터 발목까지 시커먼 부엌칼로 두드려
막장에 찍어 먹고 싶은 서푼짜리 독재자들
땀에 젖어가며 소주를 퍼마신다
침 질질 흘리는 누런 도사견 주둥이 속에 갇힌 중복中伏의 저녁 바다

할머니 노 저어 가신다
바람도 돛도 없이 우박도 벼락도 없이
백합도 연꽃도 없이 천국도 지옥도 없이
개벽도 혁명도 없이

거친 손바닥 손금을 따라 할머니와 함께 늙어온 목선
한때는 마른땅을 갈았을
한때는 짓누를 수 없는 파도를 갈았을
지금은 거대한 목백일홍 얼비치는 하늘을 갈고 가는 목선

검은 흙덩어리 속의 불과 물 모두 잦아들어 손금 다 지워

질 때까지

할머니 노 저으시고 목선은 흘러갈 것이다
흘러가다 흘러가다 멈추는 목선 위에
구부정한 등신불 하나 서있을 것이다

할머니 노 저으신다 저으신다

여자

전봇대 옆 가로수 하나가 만든 그늘 아래
등을 돌리고 앉아있는 여자

한국전쟁에서 상처받은 괴물을 데리고 육십 년을 살면서도
저녁마다 무명 저고리에 피가 흥건한 채 아궁이에 불을 넣으면서도
무례를 배우지 못한 여자
몸빼를 걸치고 수건을 쓰고 밭에서 캔 푸성귀를 손질하고 있다

빳빳한 지폐가 없어서 예배당 근처에도 가지 못한 여자
보이지 않는 곱사등을 지고
사함받지 못한 곱사등을 지고 일생을 살아온 여자

곱사등 속에 숨어있는 어떤 전생은 남묘호랭교 주변을 빙빙 돌게 만들었고
곱사등에서 흘러나온 어떤 전생은 가도 가도 끝나지 않는 어두운 골목길이었다
여자는 사흘만 두들겨 패지 않으면 꼬리 아홉 달린 여우가 된다고

아직도 믿고 있는 괴물은 십 년을 더 살겠다고 불공을 드린다

불볕이 콘크리트에 자글자글 끓는다
저 가로수 그늘이 세상의 유일한 그늘인 여자
줄어드는 그늘을 따라 조금씩 조금씩 게걸음으로 몸을 옮긴다

달동네

말라 죽은 굵은 칡넝쿨 같은 골목들
지붕과 지붕이 맞닿은 집들
지킬 세간도 없는데 백상아리 이빨 촘촘히 박힌 담장들
녹슨 못으로 막아버린 가슴 높이의 창문들
그물 울타리 삭아 허물어진 시커먼 밭떼기 몇
잦아들어 한 방울 이슬이 된 생들이 벗고 떠난
허물의 잔해처럼 남아있는 배추 시래기들

벌레 울음소리 간단없이 피어오른다
아지랑이처럼 피어올라 한때 깃들였던
사람들의 흔적을 기화氣化시켜 허공에 채우는 벌레 울음소리를 타고
달의 인력引力이 마음의 심해에서 끌어 올린 부식된 선체가 떠다닌다
선체에서 떨어지는 잔소리들 늙은 재봉틀 한 소쿠리 진통제
그리고 남묘호랭교 남묘호랭교……
달동네처럼 솟아오른 등에서 흘러나오던 독경 소리
어린 조카를 업고 다니던 등 따뜻한 무덤 같았던 등
그때의 내 체온이 한평생의 유일한 온기였던 쓸쓸한 곱사등에서

흘러나오던 남묘호랭교 남묘호랭교……
목이 쉰 독경 소리 귀뚜라미 소리와 섞인다
달이 이마에 닿는다

해무

북적거리던 경매꾼들 사라지고
원양의 생선 퍼 나르던 동남아 사내들의 수화手話 남루한 숙소로 돌아가고
비린내에 미쳐 난민처럼 떠돌던 갈매기 떼 노을 속으로 떠나고
늙은 포구에 적막, 검은 함박눈처럼 내린다

싸구려 화장마저 지워버린 고전적 작부의 낯짝 같은 포구의 뒷골목에는
빛바랜 생선 비늘 덕지덕지 붙이고 쌓여 있는 나무 상자들
어지럽게 뒹구는 불구의 어구漁具들
팔뚝의 힘줄 모두 거세된 이들 소줏집 침침한 백열등 밑에 모여
하역荷役의 일생이 남긴 훈장들을 자랑하고
자본의 부리에 한쪽 눈알 뽑힌 이들
조로한 철선으로 흘러 들어가 집어등을 손질하고

진종일 고린내 피우는 황금 나무 곁에 박혀 있던
트럭 가득 색색 국화꽃 환한 꽃 섬의 주인은
자장면 한 그릇 핥아 먹고 어디로 갔는지

유언처럼 흘리고 간 꽃송이에서 짙은 해무 피어오른다

흙의 자식들, 삽으로 흙 파먹고 살아라
금의 자식들, 금이빨 되어 뜯어먹고 살아라
안개의 자식들, 안개 속을 헤매다가 안개로 돌아가거라

적막의 허기를 채우며 눅눅한 해무
포구를 점령한다

재규어를 만나면 재규어를 죽이고

페루 보일링강 기슭에서 가부좌를 틀고 앉아
차크루나잎과 아야와스카 덩굴을 달여 이틀 동안 숙성시킨 갈색의 액체 라메디시나를 마시면
사라진 재규어를 다시 만날 수 있다고 한다
고양잇과 동물 중에서 유일하게 먹잇감의 두개골을 물어 즉사시켰던 재규어
재규어의 피를 재규어의 심장을 소유하기 위해
사냥한 재규어의 피를 마셨던 재규어의 심장을 씹어 먹었던 시절의 재규어
사람이 숭배한 혼령의 생태계에서도 최상위 포식자였던 재규어……

소파에 드러누워 리모컨을 눌러야
살아있는 인디언을 만난다
숯불이 들어있는 눈 훤칠한 활
천 리를 달려도 지치지 않는 시커먼 말
들소를 생식하는 원시의 식성……

섬에 있는 밭뙈기를 사러 간 적이 있다
붉은 흙을 호미질하며 내 마음의 쥐라기 지층에서 잠자고

있는 재규어를 인디언을 깨우고 싶어서였다
하지만 내 손에 들어올 흙은 없었다
재규어의 송곳니를 개당 이백 달러에 구매한 중국인들의
욕망이 아마존의 재규어를 모두 삼킨 것처럼
섬의 오장육부는 이미 덩치 큰 지폐의 위장 속에 있었다
섬의 꼬리에 붙어있는 밭도 돈 냄새를 맡고 간덩어리가
부어있었다

자본은 만물에 세례를 주며 이미 땅끝까지 흘러온 것이다
재규어를 만나면 재규어를 죽이고
인디언을 만나면 인디언을 죽이고
무인도를 만나면 무인도를 죽이고
가난한 자를 만나면 복을 죽이고
천국을 만나면 천국을 죽이고……

애조원*

납작 엎드린 창이 많은 건물들은 양계장이었다
양계장들 사이에 작은 교회가 있었다 하얀 벽 주황색 지붕 붉은 십자가
여자 전도사가 주는 과자에 홀려 며칠 계단식 논들을 넘었다
마룻바닥에 앉아 찬송가를 배웠다

배에서 놀다가 크게 다쳐 드러난 뼈와 피를 헝겊으로 감싸고
어머니 팔에 매달려 묘약을 구하러 갔을 때 이 동네가 문둥이촌이라는 것을 알았다

중학교 때 막차를 놓친 얼굴이 흰 달걀 같은 여자애를 집에 데려다주었는데
달빛 아래 가슴 두근거리며 흘러가던 길이 문둥이촌 복판에서 멈추었다
여자애의 어머니가 고맙다며 달걀 한 판과 퍼덕거리는 닭 한 마리를 닭장에서 꺼내 주었다
마지못해 받아 가지고 오다가 닭 달걀 모두 비탈밭에 던져 버리고 도망을 쳤다
그날 껍질이 벗겨지도록 손을 씻고 또 씻었다

그때부터 전주 이씨의 씨족촌과 문둥이촌 사이에는 히말라야가 생겼다
하얀 여학생은 걸리버 여행기에 나오는 소인국으로 들어가 다시는 나오지 않았다

그 후로 끓는 물에서 건진 닭의 털이 뽑히듯 흘러가 버린 세월……

흙만 남아있다
양계장 교회 키 낮은 회색 집들 거대한 쇠망치에 허물어져 덤프에 실려 나가고
일생을 닭장 속에 가두어야 했던 슬픈 살들 모두 무덤에 들어가고
죄 많은 살들이 낳은 죄 없는 살들은 뿔뿔이 사람의 마을로 흩어지고
흙만 남아있다

미분되었던 경계 모두 지워지고 다시 한 덩어리로 적분된 흙 위에 서니
문둥이 흰둥이 검둥이 섞여 손잡고 불렀던 찬송, 천진한

강물이 되어 흘러온다

왜 도망을 쳤을까?

지금의 내 손은 그 닭을 잡아 아무렇지도 않게 소금에 찍어 먹을 수 있을까?

굳어진 중년의 마음 한쪽 구석에 찍혀 있는 그날의 지문指紋이

붉은 흙 가운데를 오래 서성거리게 한다

* 애조원: 통영 입구에 있었던 한센병 환자 집단 거주지.

늙은 어부

태평양에서 떼 지어 올라오는 고래의 등에 작살을 꽂았었다
노동에 불거진 굵은 핏줄 속에는 붉은 해류가 흘렀었다
등 푸른 고등어 가득 담은 묵직한 그물 같은 심장에는
태풍이 숨어있었다 벼락이 숨어있었다
탱탱한 음낭 속 검은 바다에는 성난 물개 두 마리
밤마다 가죽을 찢고 나와
거대한 황금 지네처럼 불 밝힌 좌부랑개* 골목을 돌아다니며
인어들이 따라주는 술을 마셨다……

우글거리던 잡신들 한꺼번에 떠나버린 늙은 박수의 눈알처럼 텅 빈 바다
퍼덕거리던 한 시절이 털고 간 무수한 비늘들만 제철 만나 번쩍거린다

* 좌부랑개: 통영 욕지도에 있는 마을. 일제강점기 때부터 유명한 어항이었다. 한때는 백여 개의 술집이 불을 밝혔다.

숲

조선 땅 숲속에는
눈에 달을 켠 야생의 섬들이 우글거렸다
사람의 발은 슬금슬금 눈치를 보며 겨우 걸어 다녔다

어느새 늘어난
사람들의 굶주린 입이 토해 내는 불
화전火田을 만들기 시작했다
숲의 볼을 인두로 지지며 소유권을 새겨나갔다
조정이 만든 착호군*은 긴 창으로 숲의 혼을 찔렀다

상처 입은 혼은
섬뜩한 재앙의 아가리를 벌렸고……

세월이 흘러
일인들의 무자비한 조선혼 사냥
명포수 강 아무개가 엽총으로 잡은 산신을 올라타고
매서운 눈초리로 카메라를 쳐다보고 있다
기념 촬영이 끝난 가죽은
대화혼이 밟고 다니는 바닥에 깔렸다

그 후로 숲은
말 없는 식물이 되었다
사람의 눈치를 보며 조심스럽게 숨을 쉬었다

숲의 품에 안긴 다소곳한 밤
불장난하던 도깨비들 사라진 자리에
설치류들이 바스락거린다
주먹만 한 잿빛 섬들이
눈에 도수 낮은 별을 켜고

* 착호군捉虎軍: 조선시대, 호랑이를 전문적으로 잡았던 부대.

신림동

하루는 단성생식으로 하루를 복제했고
복제된 하루는 재작년의 달력처럼 뜯겨 나갔다

모양이 똑같은 벌집에서 윙윙거리는 소리가 거세당한 벌들이 기어 나왔다
젖은 폐지를 뭉쳐 빚은 남자들 동맥이 없는 누런 여자들
경적의 칼날에 찢긴 활엽수 이파리처럼 너덜너덜한 잡설들
소금을 치지 않은 연애들

벼락도 부패한 땅을 쓸어버릴 홍수도 없는 구름은 가끔 눈을 털어냈다
맥박 희미한 사무원의 귀지 같은 눈

해 넘어가면 어김없이 술이 눈을 떴고
술은 눈을 뜨자마자 나를 마셔대기 시작했다
즙 다 빠진 젊음을 솥뚜껑에 구워놓고 술은 나를 마셨다
바닥없는 허기를 지닌 술
이빨 없는 노파가 캔 속에서 꺼낸 황도를 먹듯
술은 이빨 없는 입으로 뼈 없는 젊음을 오물거리며 씹어 삼켰다

숲에는 허리 꺾인 참나무들 나병을 앓고 있는 소나무들
아카시아꽃 두툼한 추억의 침상에 누워 발정 난 개처럼 낑낑거리기도 했다
뿌리 붙들어 줄 힘줄 모두 삭아버린 흙 아래로 흘러가는
앓는 여자의 오줌 소리를 생명수로 받아 마셨다

약수를 마시고 잠든 밤에는
창틀에 놓아둔 풍란에서 바람과 파도가 흘러나왔다
방구석에 널려 있는 머리카락이 뭉쳐진 인형이 너의 바다에서 헤엄을 쳤다
고사목의 껍질을 타고 너에게로 가다가 밑도 끝도 없는 허공에 빠지기도 했다……

거기에 오래 있었다
투명한 침에 박힌 나비처럼 눈을 뜬 채 뻣뻣하게 굳어
발버둥 치지도 않고 가루가 되어 흩어지지도 않고

고시원

그대, 검은 옷을 입고 싶은가?

먼저 관棺 속에 들어가야 한다

시체가 되어 무조건 처박혀 있어야 한다

바깥의 격랑에도 마음속의 격랑에도 흔들려서는 안 된다

오월의 신록에 눈이 부셔도 안 된다

넋 놓고 계곡 물소리를 따라가서도 안 된다

젊은 베르테르 흉내를 내서도 안 된다

시위꾼들이 나누어 주는 전단지는 받자마자 휴지통에 버려야 한다

관을 서서히 방주方舟로 만들어간 모범적인 선배들이 사주는 밥은 자주 얻어먹을수록 좋다

그들이 누리는 세계를 교복 입은 학생의 거수경례처럼 깍듯이 선망해야 한다

단정하게 손질한 반백의 머리 같은 세계 잘 쌓아둔 탑 같은 세계

문을 열면 안 된다 비둘기가 올리브나무 이파리를 물고 올 때까지

새 언약의 무지개가 환히 떠오를 때까지 문을 열고 나오면 안 된다

그래야 검은 옷을 입을 수 있다

날개가 달린 검은 옷 요즘은 유치원 때부터 선망하는 검은 옷
유치원 때부터 관 속에 틀어박혀야 입을 수 있는 옷

하지만 파도 소리, 내 핏줄 속의 파도 소리는 그때 이미 큰 술잔을 손에 쥐고 있었다
관도 방주도 검은 옷도 출렁거리는 술잔 속에서 다 녹아 버렸다

그곳에도 숲이 있었다

향기 없는 꽃들
벌은 오지 않았고 물먹은 색종이를 오려 띄운 나비 몇 마리
무수한 하루살이들 살찐 파리들 불개미들의 끝없는 행렬
늙은이들만 사냥하는 육식의 낙타들이 진달래 덤불에서 기어 나오기도 했다
미세먼지와 뒤섞인 송홧가루 짙은 안개 속에서 강간 사건이 터지기도 했다

달밤에는
버려진 개들이 몰려다니며 교미를 했다
버려진 술병에 남은 찌꺼기 같은 중생들이 모여 술을 퍼마셨고
법당에 켜놓은 촛불로 담뱃불을 붙이다가 땡추와 멱살잡이를 하는 놈도 있었다
재선충이 고대의 역병처럼 번졌던 어느 여름밤에는
멀쩡한 여자가 아까시나무에 매달려 있었다

발목이 푹푹 빠지던 낙엽들
불 한 줌 없는데 부싯돌도 라이터도 없는데
손바닥으로 불을 만들 비방秘方도 없는데

불꽃을 타고 하늘로 올라갈 천사도 없는데
활활 타오르고 싶다고 가슴에 수북이 쌓여 있던 낙엽들

허리에 구멍 뚫린 밤나무가 밤송이들을 털어내기도 했다
밤송이를 까보면 말라 쪼그라든 혓바닥이 들어앉아 있었다
혓바닥 속에는 짓밟혀 쥐포가 된 들쥐 새끼 같은 것이 말라붙어 있었다

나목의 계절에는 까마귀들이 몰려왔다
팥배나무 붉은 열매들을 따 먹고 물똥을 싸댔다
물똥 속에는 씨앗들 새로 태어날 이파리도 뿌리도 잉태하지 못한 텅 빈 씨앗들

때때로 난폭한 폭설이 숲을 다 지웠다
그런 밤에는 일기장들을 미련 없이 태워버렸다

나비

해무!
원경이 사라진다
섬들이 녹는다
버려진 조선소도 귀두에 불 밝히는 등대도 사라진다
단풍나무를 깎아 만든 영국식 활 같은 다리도 사라진다
세상의 모든 소리들을 어딘가에 정박시켜 서서히 결빙시키는
해무!
연안을 기어 다니는 사소한 동사들까지 먹어치우는 무지막지한 식욕 속에
나비 한 마리
무거운 날개로 날았다 쉬었다 하는
나비 한 마리

섬이 하나 있는 것일까
안개의 시절
강건한 아침이 안간힘을 다해 만든 사람의 형상 저녁 되면 허물어지고
취한 몸 방바닥에 던지면 다시 안개가 되어 흩어지던 시절
지긋지긋한 회귀를 끝장낼 벼락의 심판도 폭우의 세례도 없던 시절

안개의 손 단단한 목질을 깎을 칼 한 자루 쥘 수 없었고
미지근한 죄의 온천을 들락거리며 개헤엄을 치던 시절……
그 막막했던 시절도 삼키지 못한 내 마음 바다의 섬 같은
끈질긴 섬이 하나 있는 것일까

가라앉을 듯 가라앉을 듯 가라앉지 않는
젖은 나비 한 마리

관악산 입구

언젠가부터 그녀들을 낙타라 불렀다
그녀들이 살고 있는 산의 모양새가 낙타의 등을 닮아서?
몸속에 있는 물 다 소진될 때까지 남자들을 태우고 사막을 걸어야 하는
그녀들의 운명 때문에?

낙타 한 마리는 수년 동안 매일 같은 자리를 지켰다
나도 자기를 알았고 자기도 내 얼굴을 알았지만 말 한마디 나눠보지 않고 몇 년을 지나다녔다
어느 해 질 무렵 혼자 있는 낙타에게서 박카스 한 병을 샀다
병마개를 따자마자 낙타의 반평생이 쏟아져 나왔다

청량리를 용산을 거쳐 왔다고 했다
청량리 사막에 살 때에는 주로 자영업자들을 태우고 다녔다고 했다
용산 사막에 살 때에는 넥타이 부대를 태우고 다녔다고 했다
돈을 내지 않으려는 놈들과는 알몸으로 길바닥에서 싸웠다고 했다
말라 죽은 벚나무에 뚫린 컴컴한 구멍 같은 자궁을 들어낸 뒤
공기 좋은 곳에 살고 싶어 산기슭으로 이사 왔다고 했다

딸린 입들 때문에 쉴 수도 없다고 했다
이제는 손으로 일한다고 했다
박카스 한 병을 사면 정성껏 불알을 만져주고 일만 원을 받는다고 했다

쉴 새 없이 흘러나오던 낙타의 사연이 잠시 숨을 돌리는 사이
건너편 사막에서는
쭈그러진 늙은이들이 낙타를 놓고 경매를 하다가 결국 멱살잡이로 이어지고 있었다
월남전 운운하는 소리가 들렸다 칼로 회를 쳐버리겠다며 지랄발광을 했다
썩은 내장들이 토해 내는 고철들이 어지럽게 뒤엉켰다
산에서 내려온 누군가가 중앙정보부 요원이라고 고함을 지르면서 노인들을 떼어냈다

밤이 내리고 있었다 무심한 어둠이
장사를 망친 낙타의 쌍소리를 재우고 있었다
낙타 등에 빨대를 꽂아 마시고 싶은 물 한 모금 때문에
칼부림도 마다하지 않을 노인들 속의 막막한 사막을 덮

고 있었다

내 곁에 쪼그리고 앉아있는 낙타 몸속의 물 몇 방울이

내일을 위하여 아껴두어야 할 목숨 몇 방울이 하늘에 떨어지고 있었다……

왜 그녀들을 낙타라고 불렀을까? 아직도 정답은 모르겠다

분명한 것은 낙타는 사막에 산다고 어릴 때부터 배워왔고

지금도 아이들에게 가르치고 있다는 것이다

소라 껍데기

그 섬은 어디에?
채소를 기르던 돌담 두른 자궁들은?
흙벽이 눌러쓴 초립草笠을 날려 버리던 북풍들은?
강건한 태풍이 가파른 언덕에 문질러놓은 한 덩어리 거대한 초록 구름
동백 처녀림 속에 숨어 살던 길들은?
까만 발굽들이 돌을 부수며 만들던 길
살찐 수벌들이 털어내는 황금 가루가 만들던 길
살 메겨 당긴 각궁 같은 매가 쥐 눈알을 찾아다니며 만들던 길
파도 소리가 참나무 줄기만 한 구렁이 떼처럼 기어 다니며 만들던 길
억만 이파리에 고인 달빛이 이슬에 녹아 흘러내리며 만들던 길
붉은 꽃잎을 따며 배회하는 시간이 만들던 길……
모두 어디에? 억새밭에 누워 낮잠을 자던 소년들은?

컴컴한 수압水壓 거뜬히 지고 다니던
섬 한 마리 빠져나가 버린 중년의 텅 빈 동굴에는
배알 없는 바람 소리만……

펜팔의 추억

그 소녀는? 침에 묻힌 연필심으로
돌담 밑 괴꽃을 물질하는 엄마를
간장에 밥 비며 먹고 몰고 나가는 염소를
잔물결에 조약돌 부딪치는 소리처럼 가지런한 이빨을
또박또박 적어 보내던 그 소녀는 지금 어디에 있을까?
그 소년은? 손가락 사이에 물갈퀴가 돋아나 있던
여름밤만 되면 새끼 늑대처럼 눈에 불을 켜고 참외 서리를 하고 다니던
학교 가다 말고 보리밭 뒤지며 꿩 둥지를 찾아다니던
집 나온 뱀을 잡아 여학생의 가방에 넣곤 하던
그 소년은 지금 어디에 있을까?
그 시절은? 소년의 해가 바다를 건너가던
소녀의 달이 바다를 건너오던 그 시절은?

해가 떠나버린 가슴은
썩어가는 문짝으로 입구를 막아놓은 우물
우물 속에는 실명한 눈알 몇 포기 음지식물 맥 빠진 거미줄
다시 해를 불러올릴 수탉도 새벽의 울음도 없다
한 바지게 두엄 같은 생을 지고 오느라 털이 다 빠져버린 다리

시든 무가 되어버린 다리……
그 소녀는 아직도 달을 품고 있을까?
아니면, 뻣센 담쟁이에 점령당한 담장이 되어버렸을까?
늙은 슬레이트 지붕이 텅 빈 염소 움막이 되어버렸을까?

한파

맑은 공기의 팽팽한 인력이 원경에 뿌려진 섬들을 끌어당긴다
연안에 박혀 있는 집들의 혈액순환을 멈추게 하는 투명한 한기에
무명의 새들이 길바닥에 떨어진다 바다가 얼어붙는다

한파는 온도계를 삼십 년 전으로 돌려놓았다
허옇게 언 바다를 퍼석퍼석 밟고 다녔던 시절로
붉은 심장이 얼음꽃으로 변한 산비둘기들이 해송에서 뚝뚝 떨어졌던
장끼의 늘 발기되어 있는 목소리가 빈창자에 붙어 고자가 되어버렸던 시절로

그런데 그 손들은?
불을 피우고 다루는 문법을 상속받아 속속들이 알고 있었던
땅에 귀를 대고 수맥을 찾아냈던 우물을 파서 물을 만들었던
나뭇가지로 코뚜레를 깎아 소를 몰고 다녔던
악보 없이 기타를 잘도 쳤던 흙을 각시의 살보다 더 잘 다루었던
삼십 년 전의 그 손들은 모두 어디에 있을까?

가난이 피운 불의 혓바닥을 닮았던 가슴들은?
땅에서 샘솟는 물을 닮았던 눈매들은?
질그릇에 담았던 온기들은?
곰의 가죽을 걸치고 네 발로 마실 다녔던 사투리들은?

어릴 적 잡지에서 본 외계인을 닮은 사람들
무거운 머리 왜가리의 다리 가느다란 팔에 이삭처럼 달린 손
매끄럽고 하얀, 수관 속에 창백한 물이 흐르는 손을 비비며
한파 경보 속을 걸어간다

한퇴마을 가는 길

세월이 파먹은 앙상한 엉덩이에 둥근 부표를 붙이고
진종일 쪼그리고 앉아 시금치 캐는 노파들
허리 꺾인 빛바랜 갈대들의 마른 서걱거림마저 잦아든, 요양소 같은 개천이
늙은 왜가리 마음일까 우울한 모가지 끌어당겨
잿빛 어깨에 꽂고 석상이 되어 박혀 있다
녹슨 지붕 아래 꿀 모으는 집 한 채
심장이 없는 벌 떼들
무기력하게 누워 빗방울을 기다리는 불임의 황토
문 닫은 양조장엔 텅 비어있는 촉나라 장비의 배만 한 독들

어디로 가버렸을까, 그 숲들은?
탄알 같던 메뚜기들은?
조약돌에 눈먼 힘을 불어넣어 만든 장수풍뎅이들은?
바위를 물고 다니던 사슴벌레들은? 이른 아침에 만나던 노루의 보금자리들은?
뿌리를 베고 누우면 가지가 내려와 푸른 귀를 쫑긋 세우던 굴참나무들은?
새집들은?
축 늘어진 음낭에서 벌레 먹은 낮달 하나 꺼내 한 사흘

묻어두면

　틈실한 불알을 만들어주던 노른자에 맥궁을 든 고대가 숨쉬는 불알을 만들어주던

　풀로 엮은 자궁들은? 술 취한 태풍들은?

　길섶 쌓인 낙엽 속에는 들쥐들이 만든 길 몇 개 바스락거리고

　그래도 살아있다고 군데군데 퍼렇게 멍이 든 물소리 시든 맥박처럼 흘러간다

당금마을

젖은 솔방울 되어 뚝뚝 떨어지는 까마귀 먹물 울음
해무의 사타구니에 대가리 처박고 쿵쿵거리는
몇 척의 녹슨 남근들
흐벅진 바위 허벅지를 뜯어 먹는 허연 이빨들
망망한 고해를 탁발하며 떠도는 부표들

야생 버섯처럼 쑥쑥 돋아나
후박나무 이파리 씹어 먹고 자라던 놈들은?
고등어 떼 몰고 다니는 파도에 한껏 발기되어
밤바다 뒹굴며 알몸의 달과 열애하던 놈들은?

떠난 살들이 벗어놓은 집들
무상無常이 부채질하는 소금 바람에 색신色身 허물어져 가고

시금치밭을 고둥처럼 기어 다니는
불임의 바위 서넛

제2부

내죽도*

하늘로 올라가 버렸다
회오리바람을 타고 솟아올라 간 예언자 엘리야처럼
번쩍거리는 숭어 군단에 휘감겨 헌칠한 남풍의 무등을 타고
하늘로 올라가 버렸다
태어나 처음 만난 섬
어미 고래
집시처럼 몰려다니는 잡어 뜰채로 퍼 올리던 시절
마음이 늘 무지개 비늘 입고 퍼덕거리던 시절
불볕에 타 껍질 벗겨진 등짝 간질이며
새벽마다 지느러미 돋아나던 시절
새끼 고래 되어 헤엄쳐 가 깃들이고 싶었던 젖무덤
너는
하늘로 올라가 버렸다
물개들을 데리고 검은 소년을 데리고
하늘로 올라가 버렸다
나의 흉부에 푸른 허파를 푸른 심장을 심어놓고
소라만 한 별들 떼 지어 기어 다니는 밤하늘 퍼 담아놓은
푸른 음낭 하나 달아놓고

* 내죽도: 시인의 고향 바다에 있던 섬. 주변의 땅이 매립되어 육지가 되어버렸다.

아랫방에 혼자 살았다

아랫방에 혼자 살았다

어마어마한 생산력을 자랑하는 복숭아나무에서 태어나는 무수한 벌레들처럼

생각과 욕망이 들끓는 사춘기를

창틈으로 흘러 들어오는 파도 소리 삭은 그물 냄새 섬들의 잠꼬대 속에서

애기 울음소리로 밤의 순결에 자상을 입히는 고양이들 속에서

죄악을 심판하는 고대의 우박처럼 천장을 두들기며 뛰어다니는 쥐 떼 속에서

고추 도둑들 족제비 같은 호박 서리꾼들 속에서

제사 때마다 찾아오는 망자들 속에서

제상 위에서 숟가락 달그락거리는 소리

쩌놓은 농어 돔 안주로 술잔 비우는 소리

눈 부리부리한 수탉 눈치 보며 슬그머니 나가는 소리 속에서

육송의 통뼈로 세운 집

아랫방에 혼자 살았다

여름 되면 두 아름 무화과나무가 거대한 허파로 부풀어 오르는

지게 작대기만 한 구렁이가 자신의 신격을 아는 구렁이가

느릿느릿 돌담을 넘어가는
　오래 묵혀둔 신발에서 한 척 지네가 기어 나오는
　기어 나와 검은 소년의 목구멍으로 사라지는
　늙은 암소가 추억에서 둥근달을 꺼내 되새김질하는
　황토의 살로 두른 집
　아랫방에 혼자 살았다

원문만

검게 불타오르는 야생마 위에서
시위 한껏 당긴 활 같은 만灣

푸른 자궁 어디에 거대한 은광銀鑛이 있는지
후릿배가 반나절 끌어올린
그물 울타리 속에서 출렁거리는 무량한 은빛
구겨진 지전紙錢 한 장에 어부들이 녹슨 삽으로 퍼 주면
다라이 넘치게 이고 돌아가는 아낙들

넘어가는 해는 서산 위에 억만 송이 나팔꽃을 짓이겨 놓고
고래를 잡아
코뚜레를 꿰어 소처럼 타고 다니고 싶은 소년은
할머니가 만들어준 어구漁具를 들고 종일 바다를 헤매다가
물결에 부서지는 빛 덩어리들만 망태기에 가득 담고
집으로 간다

어머니는 마당에서 숭어만 한 부엌칼로
퍼덕거리는 은 덩어리들의 배를 갈라 붉은 내장을 꺼내고
밤하늘에서 쓸어 담아둔 천일염을 뿌려 장작불 위에 올린다
밥상에 둘러앉은 식구들 마음에 돋아나는

무지개 환한 비늘들

꽃밭에 던져둔 망태기 틈을 비집고 반딧불이 흘러나오고
순결한 밤의 심해 속으로
흙으로 만든 이야기들이 서서히 가라앉고

오솔길

이놈!
살 오른 달의 엉덩이 실컷 뜯어 먹었겠구나
배고픈 그믐밤에는
동네 사람들 몰래 슬그머니 내려와 조개도 캐 먹었겠구나
갯벌 구석에 모계사회처럼 모여있는 바위들과 계契도 만들고
나 어릴 적 살던 집에 가끔씩 들러
흙 마당에 벌거숭이 그리며 장난도 쳤겠구나
가랑비 뿌리는 날이면 상엿집에 들어가
틀니 낀 도깨비들과 떡도 나눠 먹고
화창한 오후에는 비늘 번쩍번쩍 황룡 되어
바다도 기어 다녔겠구나
새알 서리하다 손가락도 쪼이고

못 본 사이에 포동포동 살이 오른 길
입가 시커멓게 물들이며 씹어 먹고 싶은
거대한 칡뿌리 같은 오솔길
쌓인 솔가리 도톰한 피하지방 아래
보인다, 지게에 더벅머리 섬을 짊어지고 산을 오르던
후끈한 입김들이 찍어놓은 발자국들
새끼 섬 한 마리 몰고 꼴 먹이러 다니던
내 설탕의 시절이 찍어놓은 발자국들!

나는 너다

너는 돔이나 광어보다 대나무 낚싯대로 낚은 문조리를 좋아한다
무뚝뚝한 부엌칼로 머리채 쳐서 막장에 찍어 먹는다
너는 앙칼진 고양이를 싫어한다 황토로 대충 빚은 누렁이를 좋아한다
너는 깡마른 여자를 싫어한다 서울말 쓰는 여자를 좋아한다
시골길을 걷다가 염소를 만나면 뿔을 잡고 수염을 뽑으며 장난을 친다
겨울밤에 택시를 타면 거스름돈을 받지 않는다
너는 노점에서 할머니가 파는 미역만 산다
물에서 나서 물에서 자란 너는 침엽수림만 보면 입이 벌어진다
부산에서 포르투갈까지 기차 여행을 하자고 조른다
여물지 않은 내 뼈가 소나무 타고 놀던 섬
너는 어느 지도에도 없는데
너는 여전히 재래시장 구석에서 시래깃국을 먹고 있다
토요일 저녁마다 소를 삶아놓고 탁주를 마시고 있다

내 속의 바다, 너는

너는 작은 잔에 부어 홀짝거리는 맑은 술을 싫어한다
폼 잡고 다니는 와인 따위는 안중에도 없다
황금 들판이 부어주는 맥주를 좋아한다
한 가마니 쌀로 빚은 탁주를 좋아한다
내 속에서 숭어 떼를 방목하는
너는 칸막이 속에서 속닥거리지 않는다
통유리가 있는 널찍한 술집을 좋아한다
선상에서 마신다 평상에서 마신다
해송들의 배꼽에서 태어나는 바람을 방목하는
너는 단발머리처럼 단정하게 깎은 과일 안주를 싫어한다
돌판에서 구운 누런 황소를 좋아한다 멧돼지 바비큐를 좋아한다
대양에 사는 고래를 참치를 좋아한다
아르헨티나 초원의 가우초들이 먹는 아사도를 꼭 먹어보고 싶어 한다
너는 정치인이 따라주는 술은 마시지 않는다
껍질 까놓은 달걀 같은 먹물들이 흘리는 시시한 이야기들을 싫어한다
싱싱한 살이 겪은 유쾌한 이야기를 좋아한다
밤마다 참게만 한 별들을 방목하는
내 속의 바다, 너는……

청둥오리

오래전에 육지가 되어버린 섬의 발치에
중병아리만 한 청둥오리 한 마리 헤엄쳐 다니고 있다
무엇에 끌려 여기까지 왔을까
살아 움직이는 것들은 모두
유전자 속 실패에 감겨 있는 길을 따라갈 뿐이라는데
저 새끼 오리의 유전자에 그 섬이 새겨져 있는 것일까
그 바다의 그 바람의 체취가
고대의 상형문자처럼 새겨져 있는 것일까
하여 천축국으로 가는 혜초처럼
제 속에 있는 그리움의 나침반 따라
먼 조상들이 배 비비며 삼동을 지내던 이곳에 와
황홀한 기시감에 잠긴 어수룩한 자맥질로
사람의 망막에
아직도 몸에 묻어있는 그 섬의 소금을 핥으며
사막을 건너가는 사람의 망막에
지난 시절의 바다 다시 환하게 펼쳐놓는 것일까
억만 청둥오리 떼로 짠 거대한 외투를 입고
겨울을 나던 신화의 바다를!

매물도에서

바둑돌만 한 감국꽃들 바람에 속옷까지 털린 나목들
파도가 새로 묶은 싸리비로 쓸고 있는 고요의 배꼽에서
빈센트 반 고흐의 별처럼 터지는 까마귀 울음
서걱거리는 신우대 숲속
누군가 발자국 없이 다니는 길에 뿌려진 검은 환약들
터벅터벅 걸어가는 호리호리한 오솔길
삭정이 되어 뒹굴다가 발에 차이는 지난 세월의 잔해들

비석 없는 무덤 하나 깎고 깎아 평지를 만드는
저 바람에 쉬 허물어지는 억새꽃 같은 이생이라는데
대못으로 새겨놓고 싶은 무슨 그리움 있어
윤슬 뭉개져 출렁거리는 눈부신 은지銀紙를 힐끔힐끔 곁눈질하는가
물 빠진 거웃 같은 수풀에서 낯선 텃새들 툭툭 튀어 오르고
염소 몇 마리 데리고 살다가 지는 구절초
몇 송이들이 쌓은 흙담 안에 무슨 사연 그리 많은지
산기슭에 층층이 쌓아놓은 돌탑들

망망대해에서 솟아오른 매 한 마리
허공에 박혀

오랑캐처럼 몰려다니는
바람의 생살을 쪼고……

돌담집

내가 다 지었지 이 돌덩어리 다 이고 날라서
비 피할 지붕 있고 바람 막을 벽 있으면 그만이지 대문은 무슨 대문이여
비 올 때마다 까치가 살붙이 데불고 와서 처마 밑에 자고 가고
한뎃잠 자는 염소도 하룻밤 신세 지고 가요
요년은 뒷다리 저는 년인데 그냥 여기 눌러앉아 버렸어
산에 사는 놈하고 짝지어서 새끼까지 낳아주니 얼마나 좋소
증손자들 용돈 줄 돈도 생기고
부산 사는 딸네 집에 갔다가 벙어리 개 한 마리 시중들다가 왔어
불알 까버린 내시 놈인데 오줌 싼 기저귀까지 빨아주고 엊그제 왔어
불알 없는 개새끼를 시애비 모시듯 모시고 사는 세상이니
혼자 사는 가수내가 임금 노릇하고 그라재
돈 처먹고 형무소 갔담서요?
서방은 바다가 삼켜버렸어 이 섬에 어디 남자가 보이던가
마늘 심어 먹고 방풍나물 캐 먹고 사니 서방 잡아먹은 바람도 아직 못 잡아먹은 거지
안 그랬으면 볼쎄 서방 만났을 기요

아직 팔팔하요

어른 키 높이로 돌담 두른 대여섯 평 밭에 햇살이 가득 고여있다
거대한 돌 꽃 속에서
늙은 암탉 한 마리 갈고리로 겨울을 파고 있다
눈알이 부리부리하다

이중섭

소 한 마리 거대한 은종이에 얼굴을 새기고 있다
샛바람에 뭉개진 윤슬이 만드는 눈부신 은종이에
피 묻은 발굽으로 얼굴을 새기고 있다

소 한 마리가 조선의 흙으로 빚은 소 한 마리가
바다를 걸어가고 있다
검은 콧구멍으로 뜨거운 해무를 내뿜으며
국경선을 넘어가고 있다

붉은 음낭을 흔들며 머리 풀어 헤친 불 출렁거리는
목탁만 한 음낭을 흔들며

북서풍

파도 허연 거품을 물고 몰려다니는 대해
두툼한 아랫배 속에 무쇠 덩어리 안고 날아 건너는
까만 물오리 막막한 여정

별 몇 송이 수평선에 붙어 훌쩍거리고
섬 기슭 곳곳에 샤먼을 낳아 기르는
늙은 해무의 귀뺨을 후려치는 북서풍
고사목 완당阮堂의 굵은 일 획 허리 꺾이고

아찔한 절벽 노안의 미간에는
맥진脈盡한 해송
독한 발톱으로 붙들고 있는
봉두난발 퍼런 불 한 송이

붉은 흙

파도, 흰수염고래만 한 소리의 늑골에서 사금처럼 깜박거리는 새소리들을 지나

억만년의 포식자, 바람의 허기에 뿌려진 동백꽃 붉은 핏방울들을 지나

외로움이 유충이 되어 갉아 먹은 구멍 숭숭 활엽 같았던 생들

갯바람에 쓸리다가 쓸리다가 낙엽 져 옹기종기 섬이 되어 박혀 있는 산 중턱을 지나

지난 가을 비문 대신 자욱하던 삐비꽃 허연 구름 떠가 버린 빈자리에 새로 돋아나는 젖니들을 지나

한 아름 삼나무 시커먼 수령樹齡을 쪼아대는 딱따구리를 지나

딱따구리 돌 부리에 깨어난 진달래 앙상한 골격이 힘껏 밀어내는 봄의 젖꼭지들을 지나

청송 허리 아래 향 짙은 여백을 점령하는 사철나무들을 지나

사철나무 왕성한 정력을 뜯어 먹는 야생 염소 떼를 지나

야생 염소 떼에 섞여 몰려다니는 내 벌거벗었던 시절을 지나

아, 붉은 흙!

사람 하나 빚고 싶어라 솔방울로 눈 만들어 붙이고 콧속에 마파람

저기 수평선에서 불어오는 바람 한 사발 불어 넣고 싶어라

헌법 하나 빚고 싶어라 나라 하나 빚고 싶어라 종교 하나

빗고 싶어라

　아, 붉은 흙!

　장끼만 울어도 잉태하는

　달 깎아 먹고 해 깎아 먹고 입덧 겨우 잠재우는

푸른 공룡의 등뼈를 따라

걷는다, 푸른 공룡의 등뼈를 따라

소나무 후박나무 체취 훑고 오는 바람
벌거벗은 바다의 살결에 번쩍이는 은빛 칼날들
동백꽃 오므린 입술에 갇힌 황금 수술들
낭창낭창한 대나무들 몸을 뚫고 들어와 혈관이 되고
혈관 속을 선선한 청주清酒가 흘러 다니고

화폭에 한 상 차려진 성찬
젖은 그물에서 갓 털어낸 잡어 떼 같은 색들을
뭉치고 뭉쳐 몇 조각 추상抽象을 빚어본다
수정 알 뚝뚝 떨어지는 만월
내장에 석밀石蜜 흥건한 누런 사각
에메랄드 꽉 채워진 젖가슴 잔……

침침한 눈(目)처럼 눅눅하게 마른 멸치 한 마리
붉은 지렁이 되어 꿈틀거린다
비라도 만나면
이무기 되어 벼락도 부르리라

억새 산

여태껏 마른 황태 찢어 고추장에 찍어 입술 몇 개 그려 온 것이다

소주잔 세어가며 덕장에 내리는 눈 운운하며……

저 심장!

해무가 숙성시킨

대양을 쓸고 가는 바람이 눈먼 폭우가 숙성시킨

거나하게 취기 오른 심장

수평선 갓 넘어오는 태양을 씹어 삼킨 거대한 황소 같은

저 붉은 심장에

도끼로 깎은 육송을 찍어

생生 한 줄 쓰고 싶다

참 맑은 날

바람에 무디어진 칼날 허연 억새 군락 너머
망망한 영원의 허벅지 대패질하며 나아가는
늙은 발동선 그리는 덧없는 항적

넋 놓고 바라보다 멈춘 길
두개골을 쪼아대는
새끼 딱따구리 소리에 다시 이어져
봉긋한 무덤들 사이로 흘러가고

잠시 솟았다 사라지는
상괭이 꼬리 같은 일생에서 무얼 낚는가
절벽 틈에 박혀 돌이 된 이들

왜가리 한 마리 건달처럼 어슬렁거리고
물오리 두어 마리 선정禪定을 자맥질하고

수천 년 비에 젖은 웅녀의 딸들
모두 불러내 앉히고 싶어라

번쩍이는 물비늘 모여 만든

황홀한 멍석!

전설

단독일신으로 섬에 건너와 정진하다가 토굴에서 열반한 중의 시체를
유언에 따라 바다에 던졌다는데
그 살덩어리가 어떻게 되었는가에 대해서는 소문이 분분했습니다

물에 닿자마자 물개가 되어 기슭에 쌓인 반질반질한 불알들을 핥고 다녔다는 이야기도 있었고
염소가 되어 다시 육지로 올라와 살아서 못 먹은 향초를 뜯어 먹었다는 이야기도 있었고
멧돼지가 되어 주둥이로 파도를 갈며 수평선 너머로 사라졌다는 이야기도 있었고
고래가 되어 허공을 들이마시며 헤엄쳐 가다가 시커먼 섬이 되었다는 이야기도 있었지요
바위가 되었다는 이야기도 있었는데
중이 한평생 속으로 흘린 눈물이 수정이 되어 촘촘히 박혀 있었다고 합니다

시간이 흐르고 흘러 어떤 큰스님이 섬 중턱에 행장을 풀었을 때

수염이 제법 난 전설들이 스님에게 몰려가 소곤대었습니다

이놈들!

그때부터 그 살덩어리는 연꽃이 되어 떠올랐습니다

허허, 고승의 일갈에 모든 전설들 꼬리 내리고 슬금슬금 굴속으로 사라졌습니다

너는 온다

도다리 떼를 몰고 갑오징어 가오리 떼를 몰고
너는 온다
드러누운 섬들을 푸른 황소로 만들며
검은 바위 배를 갈라 흰 갈매기 날아오르게 하며
너는 온다
대나무 줄기에 새 물을 길어 올리며
대나무 뿌리를 간질여 포탄을 밀어 올리며
너는 온다
텅 빈 거미집을 흔들며 공복의 지네를 흔들며
독사의 겨울잠을 흔들며 지리산 반달곰을 흔들며
너는 온다
동백으로 모란으로 화투판을 벌이며
오색딱따구리 부리로 편백나무 목탁을 두들기며
발정 난 무명씨 새소리 허공에 뿌리며
너는 온다
싱싱한 양물陽物로 묵은땅을 쟁기질하며
겨울을 폐경시키며
무소부지 칡넝쿨 징그러운 혓바닥으로 세상의 모든 골고다를 점령하며
무덤 속 뼈들을 꿈틀거리게 하며

너는 온다

서해 홍어 남해 돌문어 평양 옥류관 냉면으로 한 상 차려놓고

탁주도 몇 동이 퍼마시고 눈물 젖은 두만강 부르며

너는 온다

찡그린 분단주의자들을 목청 찢어지도록 짖게 하며

미친개들을 몽둥이질하며

너는 온다

고구려 벽화를 깨우며 청룡 주작 백호 현무를 깨우며

견우를 직녀를 깨우며 까치 까마귀를 깨우며

오작교를 깨우며 눈물을 깨우며

너는 온다

끊어진 철도를 끌어당기며 만주를 시베리아를 끌어당기며

중앙아시아를 자작나무 숲을 바이칼호를 끌어당기며

너는 온다

개발독재의 아들이 처발라 버린 4대강 콘크리트에 눌려

유신의 딸이 끌고 다닌 꼬리에 목이 감겨 질식한 줄 알았는데

백만 송이 촛불 꽃밭에서 부활한 너는

숨을 데리고 온다 꿈을 데리고 온다

너는 온다, 무지막지한 폭우를 타고
벼락의 도끼를 타고 날개 달린 천마天馬를 타고

2018년 봄

제주도 오름 오르락내리락하며 걸음마 배운 놈이
황사 마시고 벼락 맞고
바람에 넘어지고 갈기 세운 파도에 뒹굴면서
맨발로 남해를 건너온 놈이
산전수전 다 겪으면서 뼈대가 제법 단단해진 놈이
온몸에 꽃 문신하고 건달처럼 뒹군다
뒹굴며 노는 살이 닿으면 황달을 앓는 섬들이 싱싱한 간덩어리가 된다
마구 먹고 마신다
겨울 물메기 떠난 자리 가득 채운 도다리 잡아먹고
어창 뒤져 돔 광어 아귀 잡아먹고
갯벌 파헤쳐 낙지도 잡아먹고
야생 염소도 잡아먹고 떠돌이 개도 잡아먹고
토종 막걸리도 한 저수지 마시며
몸집을 키운다
이 땅의 모든 산맥을 부활시킬
이 땅의 모든 강들을 부활시킬
이 땅의 모든 들판을 부활시킬
이 땅의 모든 노래를 춤을 부활시킬
이 땅의 모든 철조망을 삼켜버릴

이 땅의 모든 지뢰를 밟아 환한 꽃구름 만들어버릴
신록의 군단을 몰고 북상할
몰이꾼이 되어간다

해 설

식물적 죽음을 일깨우는 야생의 힘

송기한(문학평론가, 대전대 국문과 교수)

1. 서정의 시선에서 산문의 시선으로

1993년 계간 『시와시학』 신인상으로 등단한 이중도 시인이 이번에 5번째 시집을 상재한다. 등단 이후 오랜 공백 기간을 가진 시인은 그 기나긴 공백을 메워야 한다는 듯이 왕성한 창작 활동을 보여 주고 있다. 일 년에 한 권씩 시집을 펴내고 있으니 실로 대단한 창작열이라 하지 않을 수 없다.

이중도 시인은 오랜 방랑 끝에 자신의 실제 고향인 통영에 안착하면서 창작의 꽃을 피워 내고 있다. 시인을 괴롭혔던 방랑적 근성이 모성적 고향의 발견을 통해 치유되면서, 그는 새로운 삶을 시작한 것이다. 고향은 그의 방황을 어루만져 주면서 편안한 안식처가 된 것이다. 그렇기에 이 고향은 시인에게는 오랜 방랑의 끝이면서 새로운 세계로 나아가는 지평이기도 했다. 그의 초기 시들이 고향을 배경으로 맑은 서정을 유지할 수 있었던 것도 고향이 갖는 그러한 모성적 힘 때문이다.

그러나 고향은 시인에게 더 이상 편안한 잠자리만을 제공하는 안식처로 끝나지 않았다. 시인을 둘러싼 환경은 고향을 결코 모성적인 어떤 것으로만 남게 할 수 없었던 까닭이다. 이후 그의 시선들은 그가 자란 땅으로부터 벗어나 점점 먼 거리를 나아가기 시작했다. 그는 대상을 단순히 회감할 수 있는 서정의 황홀만으로는 현대의 불확실성을 담아낼 수 없다는 사실을 알기 시작한 것이다. 그것이 시인으로 하여금 산문 정신을 일깨우는 계기가 되었다. 그의 산문 정신은 거친 황야를 응시하게 했고, 그 결과 시의 호흡들은 점점 길어지게 되었다. 자아와 세계의 사이에 놓인 간극이 크고 넓기에 그의 작품들은 더 많은 인과론 속에 갇혀야 했던 것이다.

2. 서정의 문을 두드리는 그리움의 세계

시인은 이미 네 번째 시집 『섬사람』에서 현실이 주는 불온성과 그 안티 담론을 신화적 시간을 통해서 초월하고자 한 바 있다. 일상의 부조리한 현실들은 신화적 감각에 의해 적어도 뛰어넘을 수 있다는 것을 어느 정도는 알고 있었던 것이다. 그러한 길로 들어가는 것을 그리움의 정서라고 한다면, 이번 시집에서도 이는 여전히 유효한 채 남아있다.

마음속에서 시월의 낮달처럼 지워져 가는
옛길들이 불러온 허기가 행장을 꾸린 것이다
그리운 길 맛을 보기 위해 사지를 육지에 묶은 밧줄을
돈오頓悟의 도끼로 단숨에 끊은 것이다

로마로 통하지 않는 길들을 무능한 시집詩集 같은 길들을
어쩌다 보니 태어난 사람들처럼 어쩌다 보니 생긴 길들을
우연히 만나는 노루 발자국 들국화 꿩 소리
우연이 지배하는 이름 없는 길들을
뱃사람 종아리에 튀어나온 정맥 같은 담쟁이넝쿨
빛바랜 돌담 속에서 허물어져 가는 노파들
바람과 소금에 갇힌 색色의 민낯을 보여 주는 화장하지 않은 길들을
생로병사를 겪는 길들을 정령이 깃들어 사는 길들을
마음껏 포식하고 돌아오는 저녁 바다
객실에 드러누워 눈에 삼삼한 길들을 뭉쳐보고 펼쳐본다
빵을 만들어보다가 달을 만들어보다가
둥근달에 솔방울 붙여 얼굴을 만들어본다

돌아가고 싶은 얼굴이 있었던 것이다

굳어가는 진흙 가면을 부숴버리고 싶었던 것이다

—「돌아가고 싶은 얼굴이」 전문

인용 시를 지배하고 있는 주제는 그리움의 세계이다. 부조리한 현실과 그 초월에 대한 의지가 이 정서로 표출되게 된 것이다. 자아와 세계 사이에 형성되는 불화가 낭만적 동경을 유발한다고 한다면, 이 시인의 경우도 이 범주에서 설명할 수 있을 것이다. 이 작품 역시 자아와 세계의 거리감, 그리고 그에 따른 동경의 정서가 지배하고 있는 까닭이다. 이 정서를 추동한 것이 "옛길들이 불러온 허기"이다. 그러나 허기와 결핍을 느꼈다고 하더라도 그것이 쉽게 무화되는 것은 아니다. 적어도 그것이 실행되기 위해서는 실존적 결단이 필요했고, 한편으로 그것은 신속하고 과감하게 이루어져야 한다. 그렇지 않으면 이 욕구는 가짜 혹은 위장에 그칠 것이다. 이런 정서로 목마른 시인의 욕망을 충족시켜주는 것은 불가능하기에, 그 결단의 순간을 '돈오'의 경지로 재단하려 한 것은 지극히 적절해 보인다.

반면 육지는 그리움을 생성케 한 매개이자 시인을 옥죄는 감옥으로 구현된다. 육지가 대지적 상상력을 바탕으로 모성적 정서와 밀접한 관련을 갖는 것이 상식인데, 시인은 이를 정반대의 경우에서 사유한다. 육지에 대한 이런 상대적 해석은 매우 엉뚱한 경우이다. 그러나 이번 시집을 꼼꼼하게 읽어보면 육지에 대한 시인의 사유는 지극히 부정적이다. 그런데 이런 상대적 사유는 시인이 이번 시집에서 전략적 이미지로 구사하고 있는 바다의 이미지와 밀접한 관련을 맺고 있다는 점에서 주목을 요한다. 육지는 이 작품의 마지막 연에서 보듯 자아를 옥죄는 "굳어가는 진흙 가면"으로 비유된다. 그리고 그 부조리한 관계를 끊어낸 것이 "돈오의 도끼"이다. 이런 실존적 결단 이후 그는 육지의 구속에서 벗어나 비로소 자유인이 된다.

서정의 동기가 된, 시인이 그리워하는 낭만적 동경의 세계는 2연에서 진술되고 있는 것처럼 다양한 산문의 세계이다. 가령, "우연이 지배하는 이름 없는 길들" "뱃사람 종아리에 튀어나온 정맥 같은 담쟁이넝쿨" "생로병사를 겪는 길들" "정령이 깃들어 사는 길들" 등등이 그 주요 목록들이다. 구속을 초월한 자유인은 있는 그대로의 현실과 자연 그 자체를 보고자 할 따름이다. 이 세계는 어떤 가식이나 위장, 거짓이 지배하고 있는 곳이 아니다.

싫다, 주말농장 흙으로 만든 문장이
승용차에서 내린 명품 등산복을 입은 여자가 호미로 길들이는 흙
더 길들 것도 없는 흙
빵을 만들기 위해 곱게 빻아놓은 밀가루 같은 흙
골방에서 자위행위나 하는 땡추가
지렁이도 못 만지는 아녀자들의 입에 넣어주는
설법 같은 흙으로 만든 문장이 싫다

문체를 다오, 만년 설산을 넘어가는
검은 야크의 입김 같은 문체를
코뚜레 구멍 뚫리는 수소가 눈 치뜨고 흘리는 구슬만
한 핏방울 같은
새끼를 지키는 멧돼지 눈알 속의 화염 같은 문체를
순교자의 목에서 치솟는 하얀 폭포 같은
낙타털 옷으로 요단강을 후려쳐 가르는 예언자 같은
메시아를 태운 나귀의 발걸음 같은 문체를

심장을 다오, 오동나무 꼭대기에 매달린
말벌 윙윙거리는 심장을!

—「심장을」 전문

인용 시 역시 「돌아가고 싶은 얼굴이」의 연장선에 놓여 있다. 육지가 부정적이었던 것처럼, 여기서의 흙 역시 동일한 가치를 갖는다. 그것은 자연 그대로의 상태가 아니라 인위적으로 만들어진 것이기 때문이다. 시인은 이를 문장으로 비유했다. 의미가 모여 문장이 되는 것인데, 이를 부정한다는 것은 다분히 포스트모던적이다. 그렇다고 이 시인을 여기에 한정해서 재단하는 것은 옳지 않다. 만약 그러하다면, 이는 시인이 의도하고자 한 시 세계와 전연 맞지 않은 까닭이다. 어떻든 그는 문장을 이미 만들어진, 불활성의 상징으로 본다. 반면 그 저편에 놓인 것을 문체로 비유한다. 문체는 시인에 의하면, 야생 그 자체, 있는 그대로의 자연에 가깝다. 그러므로 그것은 완성형이 아니며, 고정된, 습관화된, 그리고 규격화된 것 역시 아니다. 오히려 개성이나 고유성, 혹은 비규격화된 것들이라 할 수 있으며, 궁극적으로는 시인이 그토록 소중하게 생각하는 자유의 영역일 것이다.

이 문체의 중심에 심장이 놓인다. 심장은 생의 근원이고 살아있음의 증표이다. 시인의 설명에 의하면 그것은 문체에 가까운 것인데, 그것이 구체화되어 표명된 것이 심장의 세계라는 것이다. 그것은 살아있음의 표상이고, 자유의 증표이다. 게다가 그것은 야생의 힘까지 갖추고 있다. 그런데 그런 야수적 심장을 일상의 현실에서 발견하는 것은 매우 어려운 일이다. “더 길들 것도 없는 흙” “설법 같은 흙”만이 산재되어 있는 것이 이 땅의 진실이기 때문이다.

3. 산문화된 일상의 현실

시인이 응시하는 공간은 더 이상 유기적 일체성이 구현되는 현실이 아니다. 서정적 자아들은 고향이라는 모성적 공간에 머무르지 않을 뿐만 아니라 서정적 자기동일성에 갇혀있지도 않기 때문이다. 불구화된 일상의 현실을 목도하면서 깊은 회의에 젖어드는 것인데, 실상 이런 낭패감은 그의 시선을 고향이나 섬과 같은 협소한 공간에 머무르지 않게 만든다. 그의 눈은 보다 넓은 곳으로 향하면서 일상의 다양한 불온성을 포착해 내기 시작한다. 그 단면들이 불구화된 육지의 세계이고, 문장화된 흙의 세계이다. 이를 토대로 시인의 시선은 세세한 곳으로 확산되면서, 개개의 일상들이 어떻게 불활성의 세계 속에서 허우적거리고 있는가를 발견하게 된다.

고등어회를 먹는다 제주도에서 시집와 욕지도에 뿌리내린
제주도 사투리 육즙처럼 배어 나오는 늙은 해녀가 썰어주는
기름진 살점을 초고추장에 찍어 먹는다

고등어는 그물에 걸리는 순간 죽어버린다고 한다
그래서 회로 먹기 어렵다고 한다
경계 없는 바다가 점화한, 등 푸른 단검의 심장에서 타오르는 불을
자유를 잃는 순간 미련 없이 꺼버리는 것이다

절대로 길들지 않는 놈이 묻는다
불의한 시절에 스스로 묵정밭이 될 수 있겠나?
이슬 덮고 바람 소리 덮고 지내는 기와 조각이 될 수 있겠나?
버려진 툇마루가 될 수 있겠나?

도시에 터 잡은 시절 내내 무능했지만

갑자기 더 무능해지고 싶어진다

자본의 수족관 속에서 지느러미로 부채질하며 거드름 피우는

참돔이 되기는 싫다

거창한 지사志士는 내 그릇 밖이고

—「고등어회」 전문

불활성의 세계, 불구화된 세계를 표상해 주는 것 가운데 하나가 인용 시에서 보듯 고등어회의 모습이다. 바닷가라면 쉽게 볼 수 있고, 또 먹을 수 있는 것이 이 식품이다. 그러나 이렇게 자동화된 모습일지라도 고등어회는 매우 낯선 식품이다. 귀해서가 아니라 고등어가 가지고 있는 생명의 특징 때문에 그러하다. 고등어는 "그물에 걸리는 순간 죽어버"리기에 "회로 먹기 어"려운 까닭이다.

시인이 응시하는 것은 물론 고등어가 갖고 있는 생명적 진실이나 물리적 특성에 있는 것은 아니다. "자유를 잃는 순간 미련 없이 꺼버리는" 고등어의 실존적 특성만이 시인의 주목을 끌 뿐이다. 생물학적 특성상 자유는 고등어에게 생존을 위한 필수불가결한 요건이다. 그것을 잃었으니 고등어가 더 이상 생명을 유지하지 못하는 것은 자연스러운 일이 아닌가.

반면 고등어를 둘러싼 바다는 생명의 영원한 공간이다.

이 바다는 "경계 없는 바다가 점화한, 등 푸른 단검의 심장에서 타오르는 불"로 상징되기 때문이다. 따라서 바다는 인위를 철저하게 부정하는, 「심장을」에서 펼쳐 보인 문체의 세계와 가까운 것이라 할 수 있다.

페루 보일링강 기슭에서 가부좌를 틀고 앉아
차크루나잎과 아야와스카 덩굴을 달여 이틀 동안 숙성시킨 갈색의 액체 라메디시나를 마시면
사라진 재규어를 다시 만날 수 있다고 한다
고양잇과 동물 중에서 유일하게 먹잇감의 두개골을 물어 즉사시켰던 재규어
재규어의 피를 재규어의 심장을 소유하기 위해
사냥한 재규어의 피를 마셨던 재규어의 심장을 씹어 먹었던 시절의 재규어
사람이 숭배한 혼령의 생태계에서도 최상위 포식자였던 재규어……

소파에 드러누워 리모컨을 눌러야
살아있는 인디언을 만난다
숯불이 들어있는 눈 훤칠한 활
천 리를 달려도 지치지 않는 시커먼 말
들소를 생식하는 원시의 식성……

섬에 있는 밭뙈기를 사러 간 적이 있다

붉은 흙을 호미질하며 내 마음의 쥐라기 지층에서 잠자고 있는 재규어를 인디언을 깨우고 싶어서였다

하지만 내 손에 들어올 흙은 없었다

재규어의 송곳니를 개당 이백 달러에 구매한 중국인들의 욕망이 아마존의 재규어를 모두 삼킨 것처럼

섬의 오장육부는 이미 덩치 큰 지폐의 위장 속에 있었다

섬의 꼬리에 붙어있는 밭도 돈 냄새를 맡고 간덩어리가 부어있었다

자본은 만물에 세례를 주며 이미 땅끝까지 흘러온 것이다

재규어를 만나면 재규어를 죽이고

인디언을 만나면 인디언을 죽이고

무인도를 만나면 무인도를 죽이고

가난한 자를 만나면 복을 죽이고

천국을 만나면 천국을 죽이고……

—「재규어를 만나면 재규어를 죽이고」 전문

불온한 현실에 대한 비판적 응시는 이 작품에 이르면 한결 구체화된다. 인위적인 힘들에 의해 생태계가 혹은 자연의 질서가 어떻게 파괴되는가를 이 시는 우리에게 똑똑히 보여 주고 있다. 그렇다면 그러한 인위적인 힘들은 어디에서 나오는 것일까.

근대로 편입되면서 자연과 문명이 어떻게 대립해 왔고, 또 인간의 욕망은 이런 구도 속에서 어떤 기능을 해왔는가 하는 것은 익히 보아온 터이고 또 알고 있는 일이다. 그런데 인간의 욕망은 단지 형이상학적이고 추상적인 실체가 아니다. 그리고 그것은 아담과 이브가 사과를 놓고 줄다리기한 먹는 충동도 아닐뿐더러 프로이트적인 본능도 아니다. 물론 근저에 깔려 있긴 하지만, 그것이 더욱 파괴적 속성을 갖고 수면 위로 떠오르게 된 것은 익히 알려진 대로 물질문명의 진행이다. 이 문명의 저변에서 강력한 기제로 힘을 발휘하고 있는 것이 돈의 철학이다. 돈은 근대의 상징이면서 또 욕망의 상징이 되었다. 자본은 폭식증에 걸린 환자처럼, 멈추지 않는 기관차처럼 폭주를 거듭하면서 팽창하고 삶을 지배해 왔다. 존재하는 모든 사물을 돈의 노예, 수단으로 만들었을 뿐만 아니라 인간 또한 이 굴레에서 벗어나지 못했기 때문이다. 모든 것은 로마로 가는 것이 아니라 모든 것은 돈의 문제로 귀결되었다. 이런 욕망의 그늘에서 벗어나는 것이 과연 가능한 일일까. 근대는 이를 불가능한 일이라고 진단했다.

자본의 세례를 받은 자연은 파괴되었고, 자연 그 자체라는 말은 이상 속에서나 가능했다. 어쩌면 그것은 먼 신화 속의 이야기, 전설 속의 이야기가 되었다. 현실의 공간에서 실제의 눈으로 살아있는 재규어를 만나는 것은 불가능하다. "숙성시킨 갈색의 액체 라메디시나"라는 매개 항을 통해서만 실제의 재규어를 만날 수 있기 때문이다.

이 마술의 액체를 거치지 않고, 재규어를 만나는 것은 가능하지 않다. 재규어는 신화 속의 존재일 뿐이다. 이를 만나는 것은 "소파에 드러누워 리모컨을 눌러야/ 살아있는 인디언을 만"나는 일과 같은 것이다. 이런 야생의 세계, 원시의 세계를 만나는 것이 어째서 신화의 공간을 건너고 의식을 매혹시키는 액체에 의해서만 가능한 일이 되었을까. 그 원인은 거침없는 욕망의 세계, 바로 돈의 철학에 있다. 시인에게 원시의 공간일 수 있는, "섬에 있는 밭뙈기를 사러 간 적이 있"지만 시인의 손에 들어올 "흙"은 존재하지 않았다. 재규어의 송곳니를 개당 이백 달러에 구매한 중국인들의 욕망이 아마존의 재규어를 모두 삼킨 것처럼, "섬의 오장육부는 이미 덩치 큰 지폐의 위장 속에" 있었기 때문이다. 자본은 이렇듯 원시를 파괴하고 야생을 붕괴시킨 주된 요인이 되었다.

세월이 파먹은 앙상한 엉덩이에 둥근 부표를 붙이고
진종일 쪼그리고 앉아 시금치 캐는 노파들
허리 꺾인 빛바랜 갈대들의 마른 서걱거림마저 잦아든,
요양소 같은 개천이
늙은 왜가리 마음일까 우울한 모가지 끌어당겨
잿빛 어깨에 꽂고 석상이 되어 박혀 있다
녹슨 지붕 아래 꿀 모으는 집 한 채
심장이 없는 벌 떼들

무기력하게 누워 빗방울을 기다리는 불임의 황토

문 닫은 양조장엔 텅 비어있는 촉나라 장비의 배만 한 독들

어디로 가버렸을까, 그 숲들은?

탄알 같던 메뚜기들은?

조약돌에 눈먼 힘을 불어넣어 만든 장수풍뎅이들은?

바위를 물고 다니던 사슴벌레들은? 이른 아침에 만나던 노루의 보금자리들은?

뿌리를 베고 누우면 가지가 내려와 푸른 귀를 쫑긋 세우던 굴참나무들은?

새집들은?

축 늘어진 음낭에서 벌레 먹은 낮달 하나 꺼내 한 사흘 묻어두면

튼실한 불알을 만들어주던 노른자에 맥궁을 든 고대가 숨 쉬는 불알을 만들어주던

풀로 엮은 자궁들은? 술 취한 태풍들은?

길섶 쌓인 낙엽 속에는 들쥐들이 만든 길 몇 개 바스락거리고

그래도 살아있다고 군데군데 퍼렇게 멍이 든 물소리 시든 맥박처럼 흘러간다

—「한퇴마을 가는 길」 전문

자본의 힘은 어떻게 발휘되고 어디까지 뻗어 나갈 수 있는 것일까? 시인은 그 힘을 찾아서 여행을 떠나보기로 마음먹는다. 그 도정에서 그는 한퇴마을의 진실을 알게 된다. 여기서 이 마을의 위치라든가 실재성에 대해 굳이 확인할 필요는 없다. 그것은 단지 시인이 편력하는 여러 마을 중의 하나, 곧 대표 단수이기 때문이다. 이 마을은 먼 옛적, 아니 지나온 어느 과거 적에 일체화된 삶의 공간, 공존의 파장이 모두에게 골고루 영향을 주었던 적이 있었다. 그러나 이제 그런 순기능을 하는 한퇴마을은 존재하지 않는다. 그곳은 더 이상 생산의 장이 될 수 없는, "불임의 황토"로 형질 변경되었기 때문이다.

한퇴마을도 한때는 "탄알 같던 메뚜기들"이 뛰어놀았던 적이 있었고, "조약돌에 눈먼 힘을 불어넣어 만든 장수풍뎅이들"도 있었다. 뿐만 아니라 "바위를 물고 다니던 사슴벌레들"도 있었는가 하면 이른 아침이면 "노루의 보금자리"들도 만날 수 있었다. 그러나 현재는 그런 생산의 토양들은 더 이상 찾아볼 수 없게 되었다. 생명을 잉태할 수 있는 건강성은 이제 이곳에서 기대할 수 없기 때문이다.

시인은 한퇴마을을 불임의 땅으로 만든 원인에 대해 구체적으로 발언하지는 않는다. 아니 이곳이 왜 불모의 땅이 되었는지에 대해 굳이 말할 필요가 없었을지도 모른다. 이 불온한 공간은 한퇴마을에만 한정되는 것이 아니고 지금 여기의 모든 공간이 그러하다고 인식했기 때문이다. 뿐만 아니라 물신화된 현실은 이런 마을들만의 문제로 국한되지 않고, 자연의 궁극적 표상인 숲의 경우도 동일한 운명을 갖고 있다고 본다.

조선 땅 숲속에는
눈에 달을 켠 야생의 섬들이 우글거렸다
사람의 발은 슬금슬금 눈치를 보며 겨우 걸어 다녔다

어느새 늘어난
사람들의 굶주린 입이 토해 내는 불
화전火田을 만들기 시작했다
숲의 볼을 인두로 지지며 소유권을 새겨나갔다
조정이 만든 착호군은 긴 창으로 숲의 혼을 찔렀다

상처 입은 혼은
섬뜩한 재앙의 아가리를 벌렸고……

세월이 흘러
일인들의 무자비한 조선혼 사냥
명포수 강 아무개가 엽총으로 잡은 산신을 올라타고
매서운 눈초리로 카메라를 쳐다보고 있다
기념 촬영이 끝난 가죽은
대화혼이 밟고 다니는 바닥에 깔렸다

그 후로 숲은
말 없는 식물이 되었다
사람의 눈치를 보며 조심스럽게 숨을 쉬었다

숲의 품에 안긴 다소곳한 밤
불장난하던 도깨비들 사라진 자리에
설치류들이 바스락거린다
주먹만 한 잿빛 섬들이
눈에 도수 낮은 별을 켜고

—「숲」 전문

이 작품은 숲이 어떤 과정을 거쳐서 어떻게 파괴되어 왔는가를 잘 보여 준다. 숲은 모든 생명체가 아름다운 공존을 이루어낼 때 비로소 그것이 갖고 있는 본래의 기능을 할 수가 있다. 그런데 그런 아름다운 공존이 이루어져 왔던 숲은 더 이상 생명의 공간, 모성의 공간이 되지 못한다. 공존을 이루는 유기적 질서가 파괴되는 순간, 숲은 생산의 공간이 되지 못하는 까닭이다.

「숲」은 그러한 일탈의 과정이 어떻게 진행되었는가를 역사적으로 풀어냈다는 점에서도 의미가 있다. 처음에 숲은 시원의 공간이었다. 인간조차 "슬금슬금 눈치를 보며 겨우 걸어 다"닐 정도로 조심스러워한 신비의 공간이었다. 그러나 숲의 그러한 신성성은 인간의 욕망에 의해 그 가치를 단번에 잃어버리고 만다. 그것은 굶주린 인간들의 화전火田이 되기도 하고, 호랑이 사냥꾼들에 의해 심장이 찔리는, 생명이 없는 죽음의 공간으로 변질되어 버렸기 때문이다. 뿐만 아니라 제국주의자들의 군화에 짓밟힘으로써 그나마 남아있던 생명의 호흡마저 끊어지게 된다. 결국 험악한 개발과 학대를 받아온 숲은 "말 없는 식물"로 전락하고 만다.

4. 야생적 사유와 유토피아

이중도 시인이 이번 시집에서 내세운 전략적 주제는 그리움이다. 이 그리움이 서정의 문을 열게 한 근본 동인이었거니와 그 이면에는 불구화된 현실이 깊게 자리하고 있다. 그가 응시한 일상의 현실은 오직 불임의 땅들뿐이다. 이를 딛고 일어설 생명의 공간은 어디에 있는가. 그리고 모든 것이 아름다운 공존을 이루며 즐겁게 조화를 이루는 공간은 존재할 수 없는 것인가. 그런 공간에 대한 회의와 질문이 시인으로 하여금 그리움의 정서를 추동케 한 것이다.

허물거리는 망자들과 모여 회식을 한다
빈 가죽 술통에 다시 술을 들이붓는다
퍼덕거리는 날것들을 썰어 먹는다
맥박을 따라 몸속 구석구석을 밟고 다니는 알코올의 발굽

빗장 풀린 입에서 야생마들이 튀어나온다
정치인들을 짓밟는다
초등생을 살해하고 토막을 낸 교복 입은 계집애들 대가리에 소총을 난사한다
과묵한 상사는 날렵한 백제도百濟刀를 빼 아메리카의 비대한 권위를 단칼에 벤다
씩씩거리던 말(馬)들이 갑자기 허공으로 사라지자
누군가의 입에서 취한 나비 떼 흘러나오고
다시 막을 여는, 침도 독도 없이 모여 윙윙거리는 벌들의 만찬……

퇴근길, 저녁 바다에 떠있는 푸른 심장들을 납빛 구름이 통째로 삼키고 있다
이백 살 넘은 후박나무 벌레들이 파낸 음흉한 동굴을 메운 시멘트가
내 가슴에서도 만져진다
혀는 이미 제상祭床의 굳은 시루떡
말(言)이라는 것도 기껏해야
몽당연필만큼 남은 향의 식은 불에서 흩어지는 연기

어디에 있는가, 잠든 정신을 후려칠 죽비 같은 장끼 울음은
회한의 눈물샘을 터뜨릴 닭 울음소리는

쪼그라든 음낭을 가릴 무화과나무 이파리는

진흙에서 자라는 연蓮은

타고 너에게 건너갈 연잎은

—「퇴근길」 전문

물신화된 현실이 지배하는 일상은 죽음의 공간으로 사유된다. 여기서 살아가는 존재는 혼이 상실된, "허물거리는 망자들"이다. 그리고 이렇게 용도 폐기된 그들이 모여서 회식하는 공간이 지금 여기의 실상이다. 이런 실상은 인간들 사이에만 존재하는 것이 아니라 인간을 둘러싸고 있는 환경 또한 마찬가지이다. "저녁 바다에 떠있는 푸른 심장들"은 "납빛 구름이 통째로 삼키고 있"고, "이백 살 넘은 후박나무 벌레들이 파낸 음흉한 동굴"은 시멘트가 메워져서 "내 가슴에서도 만져"지는 까닭이다. 생명의 공간이란 어디에서도 발견할 수 없고 오직 황무지만이 우리 주변을 에워싸고 있을 뿐이다.

이런 척박한 현실에서 시인이 할 수 있는 선택은 무엇일까. 현실이 그러하다면, 시인이 대항하고자 하는 담론 또한 분명히 존재하는 것 아닐까. 시인은 앞서 그러한 현실에 대한 대망을 "말벌 윙윙거리는 심장"의 세계로 표현한 바 있다. 그런 야생의 심장, 야만적 힘들에 대한 그리움은「퇴근길」에 이르면, 보다 구체화되고 직접적으로 표명된다. "죽비 같은 장끼 울음"이라든가 "눈물샘을 터뜨릴 닭 울음소리", 혹은 "쪼그라든 음낭을 가릴 무화과나무 이파리" 등에 대한 그리움으로 함축되어 나타나기 때문이다. 이런 생명의 소리, 시원의 음성들은 잠든 정신을 일깨우는 채찍과 같은 기능을 한다. 그는 이런 채찍으로 죽은 육신을 일깨우고 불임의 땅에 혼을 불어넣고자 한다. 새로운 혼과 생명의 부활을 위한 시인의 노력은 매우 가열차게 진행되는데, 그의 발걸음은 역사를 거슬러 올라가기도 하고, 넓은 바다로 항해하기도 한다.

서라벌 달 밝은 밤이면

바람이 불어왔다
대양의 심장에서 태어난 허리 굵은 역사力士가 고래를
대왕문어를 붉은 달을 무쇠 억만 근의 파도 소리를 지고 와
시들해진 서라벌 식물성의 밤에 풀어놓았다

순간, 술잔에서 동해가 출렁거리고
고래를 타고 다니던 물결에 달빛이 부서지고
마음 바위에 음각되어 이끼 덮여 가던 유년이 다시 꿈틀거리고……

서라벌 달 밝은 밤이면

동해의 힘줄이 끌어당기는 무한 인력引力에
끊어질 듯 팽팽해진 그리움의 현絃에 걸터앉아
밤을 새웠다

늙은 왕이 하사한 계집은 집구석에 처박아 놓고
역신疫神이 드나들든 해모수가 드나들든 제우스가 드나들든
가랑이가 넷이 되든 알을 낳든 백조가 덮치든
빛바랜 기와지붕 아래 처박아 놓고

—「처용」 전문

시인이 응시한 서라벌은 죽어있다. 그 이유는 간단한데, 바로 불임의 공간이기 때문이다. 여기에는 생명을 만들어 낼 수 있는 역동적 힘이 존재하지 않는다. 시인은 이를 "시들해진 서라벌 식물성"이라고 했는데, 식물성을 자연의 의미로 한정하지 않고 죽음의 공간으로 비유한 것이 참신하다. 야생적 힘과 역동성을 생각한다면, 불임의 상태를 식물성으로 치환한 것은 매우 탁월한 비유이기 때문이다. 죽은 식물성을 일깨우는 것은 이렇듯 "고래"와 "대왕문어"의 동물적 역동성이다.

자연과 인간을 철저하게 분리시킨 것이 근대가 저지른 최악의 비극이다. 그리고 이것이 빚어낸 또 다른 비극은 정신의 불구성, 혹은 유기적 전체의 상실이다. 그리하여 그

대항 담론을 찾기 위해 시인들은 자연의 궁극적 가치에 대해 집요한 탐색을 시도한 바 있다. 자연과 인간 사이에 놓인 간극을 어떻게 좁힐 것인가. 그런 다음 이들을 어떤 식으로 일체화시킬 것인가에 대해 고민한 것이 시인들의, 특히 모더니스트들의 주요 과제였다. 정지용은 한라산이나 장수산과 같은 자연에 자아를 기투함으로써 유기적 관계를 유지하려 했고, 청록파 시인들 또한 이 틀에서 크게 벗어나지 않았다.

바다 또한 자연이라는 범주에서 보면, 산으로 표상되는 땅의 세계와 동일한 것이라 할 수 있다. 자연이라는 큰 틀에서 산과 바다, 인간 등등은 모두 하나의 계통에 지나지 않기 때문이다. 그러나 파괴된 일상과 그 대항 담론을 찾아내는 일이 동일한 자연이라고 해도 이중도 시인이 향해해 나가는 서정의 길은 이들과 매우 다른 지점에 놓인다. 이것이 이 시인만이 포지하는 득의의 영역인데, 시인은 그 담론을 바다에서 구하고 있는 까닭이다.

바다는 이 시인에 의해서 단지 자연의 일부가 아니라 생명의 공간으로 거듭 태어난다. 그것은 정지용이 발견한 산의 기능적 의미와 동일한 것이다. 그러나 그것보다 바다는 건강하며 야생성이 풍부히 살아난다는 점에서 산의 경우보다 역동적이다. 그는 이 힘으로 죽어있는 식물성의 불활성을 깨우려 하는 것이다.

너는 작은 잔에 부어 홀짝거리는 맑은 술을 싫어한다

폼 잡고 다니는 와인 따위는 안중에도 없다
황금 들판이 부어주는 맥주를 좋아한다
한 가마니 쌀로 빚은 탁주를 좋아한다
내 속에서 숭어 떼를 방목하는
너는 칸막이 속에서 속닥거리지 않는다
통유리가 있는 널찍한 술집을 좋아한다
선상에서 마신다 평상에서 마신다
해송들의 배꼽에서 태어나는 바람을 방목하는
너는 단발머리처럼 단정하게 깎은 과일 안주를 싫어한다
돌판에서 구운 누런 황소를 좋아한다 멧돼지 바비큐를 좋아한다
대양에 사는 고래를 참치를 좋아한다
아르헨티나 초원의 가우초들이 먹는 아사도를 꼭 먹어 보고 싶어 한다
너는 정치인이 따라주는 술은 마시지 않는다
껍질 까놓은 달걀 같은 먹물들이 흘리는 시시한 이야기들을 싫어한다
싱싱한 살이 겪은 유쾌한 이야기를 좋아한다
밤마다 참게만 한 별들을 방목하는
내 속의 바다, 너는……

—「내 속의 바다, 너는」 전문

인용 시에서 바다의 기능적 가치는 더욱 구체화된다. 비자연이라든가 세속의 것들은 가치 없이 타매되고, 욕망 또

한 마찬가지의 운명에 놓인다. 시인에게 싱싱한 바다, 야생의 바다는 저 멀리 외따로 존재하지 않는다. 바다와 나의 거리가 선험적으로 분리되어 있다면, 그것은 더 이상 건강한 바다, 생산의 바다가 아닐뿐더러 시인이 꿈꾸는 유토피아가 될 수도 없다. 바다와 나는 하나의 유기체로 거듭 태어나야 한다.

바다는 살아있다. 그러나 저 멀리 혼자 존재하는 자립적 실체가 아니라 나와 공존하는 실체이다. 바다의 역동적 힘들은 나의 죽은 혼을 일깨우고 움직이지 않는 식물성을 무너뜨린다. 그리하여 죽은 땅을 부활시키고 생명의 호흡이 시작되도록 만드는 것이다.

고래!
창공을 들이마시고 태평양 바닥까지 내려가는 긴 들숨
대왕오징어와 함께 씹어 먹은 심해의 어둠을
하얀 꽃으로 뿜어내는 찬란한 날숨
크릴새우 떼 무한 은하수를 단번에 삼키는 우주 같은 식욕
예언자 요나를 사흘 동안 쉬게 한 어둡고 따뜻한 방
사람의 영혼이 깃든 눈
밀려오는 백만 근의 파도를 부수는 단단한 이마
붓대에서 빠져나온, 먹물 듬뿍 머금은 거대한 붓촉이
대양에서 자맥질하며 그리는 길
늙은 황소의 근육이 하는 쟁기질 같은 길

노자의 수염 같은 길

—「고래」 부분

고래는 바다를 대표하는 생명체 가운데 하나이지만, 그것은 단순히 바다의 한 구성체라는 사실을 뛰어넘는다. 수면 위아래로 자유자재로 움직이는 힘, 그것이 내뿜는 야생의 거친 숨, 거대한 식욕, 대양에서 자맥질하는 굵은 근육은 곧 생명의 상징이 된다. 이보다 강력한 생명의 상징을 본 적이 있는가. 그런 야생의 힘을 통해서 시인은 죽은 혼들을 일깨우고, 불임의 땅을 치유하고자 한다.

근대의 모순을 발견하고 삶의 불구성과 정신의 불구성을 치유하고자 했던 시인들은 대부분의 경우 산을 응시했고, 또 그것에 적극적으로 기투해 들어갔다. 이중도 시인에게 산을 비롯한 땅의 질서도 매우 중요한 형이상학적인 의의를 갖지만, 바다는 땅의 그러한 가치를 초월한다. 시인은 건강한 바다를 발견하고, 거기서 고래의 야생적 힘을 찾아냈다. 이런 야생적 힘이 매개되어야 비로소 생명의 공간이 열릴 수 있다고 굳게 믿었던 까닭이다. 고래의 힘찬 등을 타고 시인은 바다와 하나가 되고자 했는데, 이런 새로운 노력이 이번 시집에서 눈여겨보아야 할 중심 화두가 아니겠는가.